〖中华诗词存稿·名家专辑〗
中华诗词学会 编

幼幼斋吟稿

张克复 著

中国书籍出版社
China Book Press

图书在版编目（CIP）数据

劬劬斋吟稿 / 张克复著 . —— 北京：中国书籍出版社，2019.10

（中华诗词存稿）

ISBN 978-7-5068-7495-3

Ⅰ. ①劬… Ⅱ. ①张… Ⅲ. ①诗词—作品集—中国—当代 Ⅳ. ① I227

中国版本图书馆 CIP 数据核字 (2019) 第 246189 号

劬劬斋吟稿

张克复 著

责任编辑	王志刚
责任印制	孙马飞　马　芝
封面设计	采薇阁
出版发行	中国书籍出版社
地　　址	北京市丰台区三路居路 97 号（邮编：100073）
电　　话	(010) 52257143（总编室）(010) 52257140（发行部）
电子邮箱	eo@chinabp.com.cn
经　　销	全国新华书店
印　　刷	北京虎彩文化传播有限公司
开　　本	710 毫米 × 1000 毫米 1/16
字　　数	220 千字
印　　张	22
版　　次	2019 年 10 月第 1 版　2019 年 10 月第 1 次印刷
书　　号	ISBN 978-7-5068-7495-3
定　　价	298.00 元

版权所有　翻印必究

《中华诗词存稿》编委会名单

顾　　问： 郑欣淼　郑伯农　刘　征　沈　鹏
　　　　　　葉嘉莹

编 委 会：（按姓氏笔画排序）
　　　　　　丁国成　王　强　王改正　王德虎
　　　　　　刘庆霖　吕梁松　李一信　李文朝
　　　　　　李树喜　陈文玲　张桂兴　范诗银
　　　　　　欧阳鹤　杨金亭　林　峰　罗　辉
　　　　　　周兴俊　周笃文　宣奉华　赵永生
　　　　　　赵京战　钱志熙　晨　崧　梁　东
　　　　　　雍文华

主　　任： 范诗银

副 主 任： 林　峰　刘庆霖

执行主编： 吕梁松　王　强　李伟成

秘　　书： 李葆国

作者简介

张克复,河南伊川人,中共党员。中国人民大学历史档案系本科毕业。正厅级,研究员。历任甘肃省档案局处长兼《档案》杂志总编辑,甘肃省地方史志编纂委员会副主编、省地方史志办公室副主任、巡视员。先后当选甘肃省档案学会副会长兼秘书长,省地方史志学会会长、中国地方志学会理事,甘肃省飞天书画学会(西部书画院)常务副会(院)长,甘肃省诗词学会常务副会长、会长,省高级专家协会副会长、省家校合作教育协会副会长,中华诗词学会三届常务理事、四届副会长,甘肃省黄河文化研究会会长等;受聘为多所大学客座教授、甘肃省人民政府文史研究馆研究员、馆员,省书法院顾问,兰州历史文化研究开发领导小组专家组组长等。发表文章200余篇、诗词1200余首;参与主编《甘肃省志》60余部;编著、主编《档案工作基本知识问答》《千年回眸》《甘肃大辞典》《中国自然资源通典·甘肃卷》《甘肃史话》等192部,主编《丝绸之路诗词选》《当代咏陇诗词选》《甘肃名胜楹联》等诗联集18部。多次被省委省政府评为先进工作者、优秀共产党员,被兰州市委、市政府授予"金城文化名家"。

总　序

我们这个诗歌大国有一个很好的传统,历来注重"采诗"、搜集整理诗歌材料。作为唯一的全国性诗词组织的中华诗词学会,自1987年5月成立以来,就十分重视这项工作。学会每年的学术研讨会和历届"华夏诗词奖",都出版论文集和获奖作品集。纪念学会成立二十年、三十年时,还专门编辑出版了《大事记》《论文选集》《诗词选集》。《中华诗词》创刊以来,每年都制作年度合订本。2007年5月,在北京天识东方文化艺术传播有限公司的资助下,以近代以来诗词创作、诗词理论、诗词运动重要文献汇编,当代名家个人作品专集等为主要内容,出版了《中华诗词文库》。经过十来年的编辑整理,已经出了近百卷。这些诗集、文集的出版,记录了近百年来尤其是改革开放四十多年来,中华诗词从起步、复苏走向复兴的砥砺前行的历程,为近、当代诗歌史的撰写准备了丰富的资料。

党的十八大以来,中华民族优秀传统文化重新受到应有的重视。习近平总书记《念奴娇·追思焦裕禄》词和《军民情》七律的相继发表,引领中华大地诗潮滚滚而来。《中共中央关于繁荣发展社会主义文艺的意见》和中办、国办《关于实施中华优秀传统文化传承发展工程的意见》,都明确提出"加强对中华诗词、音乐舞蹈、书法绘画、曲艺杂技和历史文化纪录片、动画片、出版物等的扶持。"国家教育部组织制定由中华诗词学会起草的新中国语言体系中的新韵书《中华通韵》已经通过国家语言文字工作委员会语言文字规范标准审定委员会审定，即将颁布全国试行。这些都使我们真切地感受到，中华诗词的春天真的到来了。诗人们乘着骀荡春风，正以高昂的激情，书写着中华民族伟大复兴的新时代、新史诗，国家富强、民族振兴、人民幸福的中国梦；正以与人民同呼吸、共命运的诗人之心，对人民的欢乐、人民的忧患、人民的情怀给以诗意的表达；正以"美"或"刺"的诗人之笔，对市场经济大潮中人民对幸福生活的期待，对美好未来的希望，对假丑恶的深恶痛绝，或给以方向，或给以赞美，或给以鞭挞。正如习近平总书记所指出的："好的文艺作品就应该像蓝天上的阳光、春季里的清风一样，能够启迪思想、温润心灵、陶冶人生，能够扫除颓废萎靡之风。"

当前，传统诗词创作者和诗词爱好者队伍发展迅速，已超过三百万。每天创作的诗词作品超过唐诗、宋词、元曲的总和。诗词评论研究队伍也成长很快，诗词评论、诗词学、诗词创作理论研究成果丰硕。如何从浩如烟海的诗词作品中"淘"出优秀作品，并使之存下来、传下去，如何使诗词研究理论成果"面世"并发挥应有的指导作用，确实是摆在我们面前的无可回避的一个重要课题。中华诗词学会是一个没有国家编制，没有国家拨款的社会团体，事业的运转主要靠社会赞助和会员费支撑。俊识（北京）文化传媒有限公司总经理吕梁松、北京采薇阁总经理王强，两位一直是对中华传统文化情有独钟的热心人，慷慨解囊，愿意同中华诗词学会一起，搜集整理编辑推出《中华诗词存稿》这套书，共同为中华诗词文化的继承和发展，做成这件十分有意义的事情。

《中华诗词存稿》主要搜集整理出版三部分内容的资料：一是当代诗词名家的个人作品集；二是当代诗词评论家、诗词学者的学术著作集；三是当代诗词作品、诗词理论学术成果阶段性、专题性、地域性的集成类作品集。诗词作品强调精品意识，沙里淘金，把"有筋骨、有道德、有温度"的优秀诗词作品搜集起来。诗词评论、研究类资料强调理论性和创新性，应具有鲜明的个性特点，具有创建性的见解。集成类的资料应有一定的史料保存价值。总之，做成一套具有当代价值和历史意义的好书。在此，我们编委会人员，向提供资料、筛选编辑、版面设计、校对勘误，包括所有为这套资料付出辛勤劳动的同志们，表示真诚的谢意！

郑欣淼

二〇一九年七月于北京

序

少便爱诗。初得爷爷启蒙。吾命多舛，幼小失怙贫寒，多赖爷爷呵护，启佑成长。爷爷常诲读书，每教背诵"从小读书不用心，不知书内有黄金。要知书内黄金贵，夜点明灯下苦心。"不惟烂熟于心，践行苦读，终日劬劬，毋敢懈怠，也与诗词结下不解之缘，渐为所迷。吟诵而外，每有所见、所闻而又所感、所思者，辄尝试吟咏成句，终入此道矣。

古人云：诗言志，诗缘情。所谓"抚情效志"之物也。子曰："诗，可以兴，可以观，可以群，可以怨。"然兴观群怨，盖当情之所至志之所出也。是故每有吟咏，或思乡怀国，心忧民瘼；即兴抒怀，及物明志；记行言事，发义阐理；登高望远，模山范水；抑或追往忆昔，吊古伤今；歌善颂贤，悼念庆祝；讽世喻俗，鞭丑挞恶；奉亲酬友，赠答唱和，皆发乎心，动乎情，不求天籁之音、惊世之句，但抒心志而已，概不为诗而诗也。

当今之世，诗坛复兴。吟读创作，蔚然成风。结社如林，作品如潮。中华诗词得以承传，诗词文化得以弘扬，诚可喜也。适中华诗词学会组编《中华诗词存稿》，拙作忝列于其中。遂不揣俚俗，翻倒诗箧，依例限拣选若干，顺时序编排而付梓。噫！倘能为滉瀁诗海增盈一滴，至幸也哉！夫复何言！

张克复
戊戌嘉平既望于兰州劬劬斋

目 录

总 序 …………………………………… 郑欣淼 1
序 ……………………………………………… 1

夏夜 ………………………………………… 1
立志 ………………………………………… 1
夏趣 ………………………………………… 1
邮差送来大学录取通知 …………………… 1
乾陵 ………………………………………… 2
贺兰山下 …………………………………… 2
惑 …………………………………………… 2
浪淘沙·北湾五七干校 …………………… 3
再过洛阳怀人 ……………………………… 3
满江红·粉碎四人帮 ……………………… 3
过乌鞘岭 …………………………………… 4
甘州曲·赴民乐道上 ……………………… 4
西江月·参加平反冤假错案 ……………… 4
西湖遇雨 …………………………………… 5
如梦令·临夏红园 ………………………… 5
过七道梁 …………………………………… 5
岳坟有感 …………………………………… 6
踏春 ………………………………………… 6
一剪梅·乌鞘岭 …………………………… 6

董志塬	7
镇原	7
满江红·甘肃省档案学会成立	7
临洮怀古	8
登祁山堡	8
感怀	9
无题	9
庆祝中国档案学会成立	10
永遇乐·贺中国档案学会	10
贺陕西省档案学会成立暨先进经验交流会召开	10
参观陕西省档案馆	11
无题	11
丁香花	11
洋槐花	12
西江月·档案工作恢复整顿总结表彰	12
青玉案·贺新春	12
祁连山遇雨	13
念奴娇·贺《档案工作》华诞	13
河西道上	13
张掖绿洲	14
酒泉即兴	14
无题	15
沁园春·国庆三十五周年	15
牵牛花	16
五泉山	16
嵩山达摩洞	16

感时 …………………………………………………… 17
纪念国务院《关于加强国家档案工作的决定》
　　发布三十周年 ………………………………… 17
洛阳牡丹花会观赏牡丹 ……………………………… 18
蜀中闻鹃 ……………………………………………… 18
水调歌头·兰大档案干部专修科学员毕业典礼 …… 19
皋兰即兴 ……………………………………………… 19
甘州 …………………………………………………… 20
马蹄寺 ………………………………………………… 20
吴地三章 ……………………………………………… 21
　　虎丘 ……………………………………………… 21
　　苏州市档案馆 …………………………………… 21
　　秦淮 ……………………………………………… 21
怀孙中山 ……………………………………………… 22
武威沙漠公园 ………………………………………… 22
民勤绿洲 ……………………………………………… 22
高台谒烈士陵园 ……………………………………… 22
祁连山观淘金有感 …………………………………… 23
碌曲草原 ……………………………………………… 23
吊五人墓 ……………………………………………… 23
痛悼朱文元局长 ……………………………………… 24
黄鹤楼 ………………………………………………… 24
贺《档案工作》第二次通讯员会议 ………………… 25
桑科草原 ……………………………………………… 25
参加第四次档案期刊研讨会赠编辑同志 …………… 25
怀胡耀邦同志 ………………………………………… 26

爷爷	26
参加全国档案教育培训班并赠小丽同志	27
参观山西省档案展览	28
山西省档案馆同行	28
晋祠怀董狐	28
贺全国档案局长会议	29
吊杨妃墓	29
创办并主编《档案》杂志十年明志	29
肃王墓感怀	30
兴隆山	30
参观刘公岛北洋海军提督署	31
丁汝昌	31
邓世昌	31
刘步蟾	32
再被奸人陷害立案忆昔上书	32
痛悼曾三张中同志	33
过焉支山怀霍去病	33
焉支山怀古	34
登嘉峪关	34
卜算子·安远镇随想	35
赠夏晓燕	35
赠聂永平	35
赠李锦龙	36
赠王志贤	36
《档案》杂志通讯员会议	36
天祝	37

感怀	37
游官滩沟	37
赞税务工作者（三首）	38
柳湖	38
华亭道上	39
庄浪即兴	39
好水川怀任福	39
参观秦陵兵马俑	40
贺《西安档案》十周年兼致编辑同志	40
参观白银有色金属公司（今韵）	41
痛悼王秉祥同志	41
楚天台怀屈原	41
题虎	42
紫藤	42
水调歌头·毛主席诞辰感赋	42
河西遇沙尘暴	43
乡思	43
满江红·引大工程	44
赞引大工程总指挥韩正卿	44
返乡二题	45
捉蝈蝈	45
编蝈笼	45
考察张掖"黑水国"遗址	45
薤谷剑劈石	45
赠张掖修志同行	46
环县	46

篇目	页码
周祖遗陵怀古	46
泾川王母宫	47
早春	47
读《兰州市志·邮政志》并参观通讯枢纽	47
江城子·人大同学聚会	48
参观国营五〇四厂即兴	48
咏春	48
贺《金昌市志》首发	49
金昌有感	49
金川峡水库	49
景电工程	50
学习孔繁森	50
七七事变58周年（今韵）	50
看《三国演义》（十首）	51
看《三国演义》	51
曹操	51
孙权	51
袁绍	51
诸葛亮	52
吕布	52
关羽	52
周瑜	52
魏延	52
杨修	53
二次世界大战胜利五十周年（今韵）	53
如梦令·暴风雨	53

永昌行	54
山丹怀艾黎何克	54
咏税务工作	54
全国第二次地方志工作会议	55
在京遇海燕之茂 　　并遥寄档案期刊上海研讨会诸友人（二首）	55
开封包公祠有感（二首）	56
过永登	57
古浪峡	57
民乐咏养蜂人	58
临泽吟	58
游肇庆七星岩	59
天净沙·安宁	59
少年游·什川	59
引大入秦	60
陪舞女	60
喜庆香港回归	60
香港回归（三首）	61
登蓬莱阁	62
登泰山	62
崆峒行二十韵	63
月夜灞陵桥	64
莲峰山	64
登莲峰山	64
哭祭哥哥	65
渭源太白山后峡	65

首阳山夷齐墓感怀	65
漳县	66
贵清山	66
贵清山见巨松倾倒	66
贵清山畔	67
皋兰县志审稿会	67
咏红古	67
积石山二题	68
吹麻滩	68
大河家	68
甘南道上	68
玛曲	69
迭部舟曲公路叹并赠金刚师傅	69
武都文县道上	70
过小尼庵	70
九寨沟	70
文县	71
黄龙	71
金沙峡即兴（二首）	71
朱岔峡口占	72
金秋八零三九部队战友聚会	72
波恩印象	73
德国街头二战老兵	73
荷兰	73
阿姆斯特丹红灯区	74
布鲁塞尔	74

卢森堡	74
法国北部	75
巴黎圣母院（二首）	75
卢浮宫	76
意大利行吟（古风）	76
威尼斯印象	77
奥地利	77
起母遗骨与父合葬	77
元日怀亲人	78
读史	78
南郭寺	78
郊游	79
感事	79
秋登长城	79
毛主席纪念堂	80
石佛沟秋兴	80
过西大河水库质疑"再造一个河西"	80
兰州碑林	81
陈芳茶馆	81
黄羊河农场	81
武威	82
装甲兵十二师	82
西江月·贪官	82
报载胡长清成克杰伏诛	83
则岔石林	83
秋登松鸣岩	83

看琼瑶电视剧（今韵）………………………………… 84

答杨应详先生春节寄语………………………………… 84

法轮功…………………………………………………… 84

由张掖赴嘉峪关道上口占……………………………… 85

过瓜州…………………………………………………… 85

再到泾川忆昔…………………………………………… 85

再到和平镇忆昔………………………………………… 86

读鲁言诗集……………………………………………… 86

苦水玫瑰………………………………………………… 87

萱帽山李佛……………………………………………… 87

永登青龙山钟鼓楼……………………………………… 87

吐鲁沟口占（四首）…………………………………… 88

    天眼………………………………………………… 88

    神笔峰……………………………………………… 88

    半月潭……………………………………………… 88

    瀑布………………………………………………… 88

行香子・吐鲁沟………………………………………… 89

妙因寺…………………………………………………… 89

秦王川…………………………………………………… 89

兰州气象学校校庆……………………………………… 90

昆明大观楼……………………………………………… 90

息烽集中营……………………………………………… 90

游织金洞………………………………………………… 91

游昆明世博园…………………………………………… 91

德阳即兴………………………………………………… 92

都江堰（二首）………………………………………… 92

冬日陇上 …………………………………………… 93

玉门颂 ……………………………………………… 93

咏龙 ………………………………………………… 93

寻访南石窟寺 ……………………………………… 94

阳春过华家岭 ……………………………………… 94

山丹吟草（十二首） ……………………………… 94

  山丹大佛寺 …………………………………… 94

  山丹佛山文化节遇雨 ………………………… 95

  艾黎捐赠文物陈列馆 ………………………… 95

  山丹培黎学校 ………………………………… 95

  山丹军马场（二首） ………………………… 96

  祁连山窟窿峡 ………………………………… 96

  窟窿峡将军石 ………………………………… 96

  焉支胜景 ……………………………………… 97

  山丹南湖即兴 ………………………………… 97

  山丹新河驿登长城 …………………………… 97

  雨中吊艾黎——何克陵园 …………………… 97

再登焉支山 ………………………………………… 98

感事 ………………………………………………… 98

贺《广西地方志》创刊二十周年 ………………… 98

嘉峪关望长城 ……………………………………… 99

嘉峪关印象 ………………………………………… 99

明长城第一墩 ……………………………………… 99

嘉峪关城头质疑冯胜将军 ………………………… 100

参观酒钢车间 ……………………………………… 100

悬壁长城 …………………………………………… 100

嘉峪关魏晋墓壁画……………………………………………101
乾圆葡萄园……………………………………………………101
游文殊山………………………………………………………101
石关峡…………………………………………………………102
游览嘉峪关长城有感…………………………………………102
再到酒泉………………………………………………………102
西江月·嘉峪关市……………………………………………103
报载某奸憝被惩处……………………………………………103
山丹大佛………………………………………………………103
张掖大佛寺……………………………………………………104
庆阳怀古………………………………………………………104
陇西威远楼……………………………………………………105
陇西城北所谓"李家龙宫"戏题………………………………105
天水石门印象…………………………………………………105
清平乐·榆中行（八阕）……………………………………106
  榆中…………………………………………………………106
  官磨滩度假村………………………………………………106
  榆中县自来水调蓄水库……………………………………106
  庄园乳品……………………………………………………107
  定远蔬菜保鲜库……………………………………………107
  奇正藏药……………………………………………………107
  GYS 高科技农业生物园……………………………………108
  榆中钢厂……………………………………………………108
临洮即兴………………………………………………………108
吐鲁番…………………………………………………………109
哈密一瞥………………………………………………………109

交河故城···109
过新疆生产建设兵团·······································109
游苏干湖···110
游敦煌雅丹地质公园·······································110
参加浏阳谭嗣同殉难105周年公祭（今韵）··················110
参观文家市秋收起义会址有感·······························111
参观文家市秋收起义纪念馆口占·····························111
浏阳见处处炮仗厂口占·····································111
浏阳赴长沙路上···111
橘子洲远眺···112
常德诗墙···112
游常德桃花源···112
再过长沙忆昔···113
再游酒泉公园···113
夜光杯···113
函谷关鸡鸣台即兴···114
谒淮阳伏羲陵···114
崆峒十二景···115
贺省文史馆成立五十周年（二首）··························115
登静宁峰台山···116
普陀山印象···116
九华山即兴···117
游黄山···117
游龙隐寺···118
修建兰州龙源感怀···118
龙源观黄河···118

六十感怀……………………………………………… 119
兰州黄河南道…………………………………………… 119
遮阳山…………………………………………………… 119
登玛雅雪山并赏天池…………………………………… 120
九州台上看两山绿化成果……………………………… 120
白野沟绿化点口占……………………………………… 120
柳梢青·兰州南山……………………………………… 121
赞兰州两山绿化人……………………………………… 121
文溯阁四库全书馆前口占……………………………… 121
徐家山耀邦林…………………………………………… 122
朱镕基总理亲植柏……………………………………… 122
兰山外贸绿化场………………………………………… 122
中川生态园林园………………………………………… 122
大沙沟干山"三水"造林……………………………… 123
兰州军区大沙沟绿化区………………………………… 123
登玛雅雪山（二首）…………………………………… 123
景泰黄河石林（二首）………………………………… 124
黄河石林饮马大峡谷（二首）………………………… 125
龙湾绿洲………………………………………………… 125
游地湾景区……………………………………………… 126
兰州两山绿化成果有感………………………………… 126
彭家坪绿化上水工程…………………………………… 126
柳梢青·兰州北山……………………………………… 127
西江月·兰州两山绿化上水工程……………………… 127
清平乐·永登中川机场造林…………………………… 127
踏莎行·兰州北山电信林场…………………………… 128

浣溪沙·兰空绿化基地 …………………… 128
读史有感兰州生态变化 …………………… 128
吊唐右金吾大将军李钦墓 ………………… 129
马家窑文化遗址 …………………………… 129
椒山祠 ……………………………………… 129
赞免除农业税 ……………………………… 130
满江红·续谱 ……………………………… 130
皋兰什川绿洲 ……………………………… 130
皋兰什川梨花 ……………………………… 131
春回 ………………………………………… 131
左公柳卜感护林难 ………………………… 131
夏到若尔盖大草原 ………………………… 132
再过文县 …………………………………… 132
西江月·森林 ……………………………… 133
再游黄龙 …………………………………… 133
川北趋黄龙道上 …………………………… 133
纪念长征胜利 70 周年 …………………… 134
桃花山长征景园 …………………………… 134
登会宁桃花山 ……………………………… 134
红军会师园将军碑廊 ……………………… 134
桃花山远眺 ………………………………… 135
由会宁上华家岭 …………………………… 135
赞会宁教育 ………………………………… 135
会宁即兴（二首）………………………… 136
西江月·会宁 ……………………………… 137
某景点遇算命人 …………………………… 137

夏过成县……………………………………………137
康县阳坝……………………………………………138
文县天池……………………………………………138
过宕昌………………………………………………138
游官鹅沟……………………………………………139
西江月·哈达铺………………………………………139
游武夷山……………………………………………139
武夷山行……………………………………………140
清平乐·榜罗镇会议…………………………………140
再过成县感杜甫遭遇…………………………………141
过康南………………………………………………141
白马关………………………………………………141
清水张川路上………………………………………142
再到秦安……………………………………………142
海南六章……………………………………………143
　　海口万绿园……………………………………143
　　海口西海岸……………………………………143
　　过分水岭………………………………………143
　　三亚大东海海滩………………………………144
　　三亚海滩夜坐…………………………………144
　　海口观海………………………………………144
春游什川……………………………………………144
什川梨花（五首）…………………………………145
王家坪绿博园展览馆竣工……………………………146
过灵台什字塬………………………………………146
崇信龙泉寺…………………………………………147

见临洮县假造老子文化遗迹口占 …………………… 147
白塔山远眺 …………………………………………… 148
瞻布达拉宫并游黑龙潭 ……………………………… 148
尼洋河中流砥柱 ……………………………………… 148
工布江达县新农村 …………………………………… 148
过米拉山口入尼洋河谷 ……………………………… 149
米拉雪山麓遇叩等身头朝圣人 ……………………… 149
林芝纪游 ……………………………………………… 149
青藏铁路 ……………………………………………… 150
青藏高原印象 ………………………………………… 150
鹧鸪天·中秋龙湾 …………………………………… 151
兰州绿色文化展览馆布展有感 ……………………… 151
无题 …………………………………………………… 151
梦爷爷 ………………………………………………… 152
兰州市烟花爆竹禁而不止有感 ……………………… 152
假造华南虎照奇闻（今韵） ………………………… 152
登饮马大峡谷观景台 ………………………………… 153
清明前龙湾晨起 ……………………………………… 153
龙湾晓晨 ……………………………………………… 154
永泰古城 ……………………………………………… 154
浣溪沙·再到皋兰 …………………………………… 154
又见开发新区典礼 …………………………………… 155
兰州龙源八咏 ………………………………………… 155
  石破天惊 ………………………………………… 155
  龙字雕塑 ………………………………………… 155
  千龙字碑廊 ……………………………………… 155

龙图腾浮雕 ·· 156
　　龙生九子 ·· 156
　　伏羲女娲功德浮雕 ·· 156
　　龙凤呈祥透雕 ·· 156
　　龙文龙诗石刻 ·· 156
碧波金鳟颂 ·· 157
过兰州东方广场红斑马线 ····································· 158
登木梯寺 ··· 158
暮游水帘洞石窟 ·· 159
阳洼山上 ··· 159
吊马福祥墓 ·· 159
吊马福禄墓 ·· 160
踏寻枹罕古城 ··· 160
锁阳城 ··· 160
庆阳香包 ··· 161
某公退休愁悲萦怀，戏赠诗句 ······························· 161
再过银川忆昔 ··· 161
敦煌飞天生态园 ·· 162
莫高窟遇佛诞日 ·· 162
敦煌即兴 ··· 162
吊李广墓（今韵） ·· 163
水阜乡街头所见 ·· 163
苦水玫瑰 ··· 163
和政即兴（十首） ·· 164
　　古郡瑞景 ·· 164
　　三河春浪 ·· 164

- 布谷欢唱 …… 164
- 香城晨曲 …… 164
- 新校书声 …… 165
- 太子神山 …… 165
- 半山水厂 …… 165
- 绿野晴岚 …… 165
- 花溪夏宫 …… 165
- 再登松岩 …… 166

鹧鸪天·和政古动物化石博物馆 …… 166

题河口张氏 …… 166

满江红·国庆60周年 …… 167

机上 …… 167

咏秦嘉徐淑 …… 167

通渭口占 …… 168

通渭人家 …… 168

痛悼袁老（二首） …… 168

赠郎宗权老 …… 169

避暑 …… 169

舟曲泥石流灾难祭（三首） …… 170

海门叠石桥家纺城 …… 170

黄海望远遇雨 …… 171

西江月·长江口 …… 171

江堤漫步 …… 171

长江口港湾眺望 …… 172

滕王阁即兴 …… 172

瑞金路上 …… 172

水调歌头·井冈山 …………………………………… 173
喝沙洲坝红军井水感怀 ……………………………… 173
登郁孤台 ……………………………………………… 173
赣州即兴 ……………………………………………… 174
传明虑中秋月晦，复句以慰 ………………………… 174
法门寺高收停车费戏作 ……………………………… 175
游普救寺 ……………………………………………… 175
返乡情思 ……………………………………………… 175
庚寅重阳返乡 ………………………………………… 176
参观汴京第八届全国菊展 …………………………… 176
参观黄河小浪底水利枢纽工程 ……………………… 176
豫陕高速频频遇堵 …………………………………… 177
暮登太白山 …………………………………………… 177
广河即兴 ……………………………………………… 177
再过广河 ……………………………………………… 178
广河县中南部饮水工程（二首） …………………… 178
《龙之吟》首发式口占 ……………………………… 179
除夕之夜 ……………………………………………… 179
和王国钦《大河之南网络诗会首唱》元玉 ………… 179
　　附：王国钦《大河之南网络诗会首唱》 ……… 180
题《高高太子山》诗歌集 …………………………… 180
读胡志毅《戍楼望月集》 …………………………… 180
辛亥百年口占 ………………………………………… 181
登皋兰山 ……………………………………………… 181
北京奥运公园口占 …………………………………… 181
辛卯天水公祭伏羲 …………………………………… 182

夏过甘谷 …………………………………………… 182
再登麦积山石窟 …………………………………… 183
榆中詹家营杏园 …………………………………… 183
与蔡祥麟先生论诗 ………………………………… 183
与祥麟万益兴普诸友游兴隆峡遇雨 ……………… 184
偕祥麟万益兴普诸友夜游兴隆山 ………………… 184
潜夫山吊王符 ……………………………………… 184
临洮县获诗词之乡称号三周年 …………………… 185
吊王进宝将军家族坟茔 …………………………… 185
通渭怀秦嘉徐淑 …………………………………… 186
贺陈伯希老九秩华诞 ……………………………… 186
致传明 ……………………………………………… 186
《甘肃农业史话》出版口占 ……………………… 187
戏赠某公 …………………………………………… 187
冬日兰州污染 ……………………………………… 187
访解放军 27 分部口占（三首） ………………… 188
依韵和国钦君《题牡丹答洛阳吟友并祝新年快乐》…… 188
　　附：王国钦《题牡丹答洛阳吟友并祝新年快乐》 … 189
吊康民先生 ………………………………………… 189
步韵沈鹏、周笃文、张福有、张岳琦
　《壬辰漏岁四家联唱》原玉 …………………… 190
　　附：沈鹏、周笃文、张福有、张岳琦
　　　《壬辰漏岁四家联唱》 ………………………… 190
颂春，复吟友 ……………………………………… 190
清明有感 …………………………………………… 191
拆"爱"字 ………………………………………… 191

黄阪木兰山口占	191
黄鹤楼	192
再登滕王阁	192
参观八一南昌起义纪念馆	192
八大山人纪念馆戏题	193
兰州立夏节	193
阴平诗社结社二十周年并召开会员大会志贺	193
黄河岸边口占	194
夜登兰山口占	194
凉州词	194
凉州词	194
焉支山	195
甘州口占	195
甘州城北湿地即兴	195
黑河	196
张掖国家湿地公园	196
张掖国家沙漠体育公园	196
张掖滨河新区	196
张掖绿洲现代农业示范区	197
大佛寺	197
再到甘州	197
润泉湖	198
万寿寺登木塔	198
张掖丹霞口占	198
甘州平山湖丹霞景区	198
甘州明代粮仓	199

游鸣沙山 199
渥洼池 199
再访蒲州 200
登华山 200
华山金锁关 201
扬州育才小学 201
扬州运河岸口占 201
梅花岭吊史公祠口占 202
扬州诗会路过南京 202
空中瞰宝岛台湾 203
飞机降落台北逢陇西李氏后人 203
参观台大并台大图书馆特藏部 203
台大图书馆阅览地方志书 204
访中国文化大学 204
参观台北"故宫"博物院 204
台北纵横街道皆以大陆省、市命名，有感 204
花莲一瞥 205
太鲁阁峡谷 205
太鲁阁布罗湾午憩即兴 206
过北回归线标志园 206
访台湾池上乡万安社 206
台东夜宴，会张立达将军 207
台东垦丁路上 207
望台湾中央山脉 207
台东海岸即兴 208
垦丁口占 208

赤崁楼怀郑成功 ………………………………………… 209

游日月潭 ………………………………………………… 209

春节贺岁，致书协诸友 …………………………………… 209

惊闻雅安地震 …………………………………………… 210

鹧鸪天·缅怀袁老 ……………………………………… 210

环县即兴 ………………………………………………… 210

端午怀屈子并致亲友 …………………………………… 211

夏入东崖 ………………………………………………… 212

兰州新十景（十首） …………………………………… 212

    黄河铁桥 …………………………………………… 212

    黄河母亲 …………………………………………… 212

    什川梨花 …………………………………………… 213

    兴隆听涛 …………………………………………… 213

    青城风韵 …………………………………………… 213

    水车晚唱 …………………………………………… 213

    兰山灯火 …………………………………………… 213

    古衙烟云 …………………………………………… 214

    寿桃献瑞 …………………………………………… 214

    读者大道 …………………………………………… 214

岷县获中华诗词之乡称号 ……………………………… 214

定西地震感赋 …………………………………………… 215

武胜驿吟章（十首） …………………………………… 215

    一、高原夏菜 ……………………………………… 215

    二、脱贫致富 ……………………………………… 215

    三、科学治虫 ……………………………………… 215

    四、温室养殖 ……………………………………… 216

五、富强肥厂 …………………………………… 216
　　六、石家滩上 …………………………………… 216
　　七、火家新貌 …………………………………… 216
　　八、鱼龙秀山 …………………………………… 216
　　九、奖俊埠岺 …………………………………… 217
　　十、长丰新貌 …………………………………… 217
浣溪沙·武胜驿 ……………………………………… 217
浣溪沙·武胜驿扶贫 ………………………………… 217
藏友聚会口占 ………………………………………… 218
老中医雅聚 …………………………………………… 218
喜见王进宝墓重修 …………………………………… 218
环县东老爷山口占 …………………………………… 219
环县绝句（十二首）………………………………… 219
　　张南湾调蓄水库 ………………………………… 219
　　陕甘宁省政府旧址 ……………………………… 219
　　山城堡战役 ……………………………………… 220
　　怀马锡五 ………………………………………… 220
　　长庆采油七厂 …………………………………… 220
　　高寨村农业示范工程 …………………………… 221
　　八珠塬上 ………………………………………… 221
　　怀李凤存 ………………………………………… 221
　　灵武台口占 ……………………………………… 222
　　登环城西山文昌阁 ……………………………… 222
　　环城东山环境治理 ……………………………… 222
　　虎洞乡生态治理 ………………………………… 222
王竑诞辰六百周年 …………………………………… 223

贺兰州黄河奇石协会代表大会……223
河口即兴……224
鹧鸪天·春归……224
临江仙·清明……225
五一前参观酒泉经济技术开发区……225
鹧鸪天·纪念抗战胜利……225
咏东乡县城重建……226
东乡族赞歌……226
东乡河滩风韵……226
布楞沟即兴……227
林家遗址……227
达坂经济园……227
泄湖峡揽胜……228
赞东乡引水上山工程……228
夏过东乡口占……228
东乡杂咏（十首）……229
 东乡人……229
 东大坡……229
 唐汪川……229
 民族餐……229
 青砖雕……230
 大红袍……230
 古生物……230
 手艺人……230
 南阳渠……230
 东乡商……231

过黄果树……231

贵州兴仁印象……231

登兴仁真武山……232

瞻仰高台西路军烈士陵园……232

临泽丹霞地质公园口占……232

海南吟草（九首）……233

  吊五公祠……233

  初到临高……233

  临高角口占……233

  吊王佐公……234

  访东坡祠……234

  东坡书院即兴……234

  劝重农积粮……235

  夜宿西岸……235

  眺望三沙……235

贺万里机电厂史出版……236

珠海竹仙洞口占……236

由《黄河之都诗词作品集》编辑工作有感认真难……236

元玉谢和海洋《甲午岁末寄语》

  并诚祝春节吉祥（今韵）……237

    附：廖海洋《甲午岁末遥寄张会长海南》……237

调笑令·刺贪……237

春之曲……238

乙未元日寄语传明诗友并贺年……238

黎家小寨……239

五指山前……239

海边放生 …………………………………………… 239
致小女 ……………………………………………… 240
浣溪沙·谷雨 ……………………………………… 240
浣溪沙·理书 ……………………………………… 240
长城 ………………………………………………… 241
登沈家岭 …………………………………………… 241
浣溪沙·兰州马拉松 ……………………………… 242
傩乡鳌头 …………………………………………… 242
过津门即兴 ………………………………………… 242
哈尔滨至兴安岭道上 ……………………………… 243
登兴安岭鲜卑石室 ………………………………… 243
呼伦贝尔即兴 ……………………………………… 244
步马凯同志原玉
　　贺中华诗词学会第四次全国会员代表大会 ……… 244
　　　附：马凯同志《七律·写在中华诗词学会
　　　　第四次代表大会召开之际》……………… 244
科尔沁行吟（六首）………………………………… 245
　　科尔沁印象 ……………………………………… 245
　　科尔沁诗人节 …………………………………… 245
　　珠日河赛马观礼 ………………………………… 245
　　暮游山地草原口占 ……………………………… 246
　　敖包即兴 ………………………………………… 246
　　孝庄园漫步 ……………………………………… 246
再步马凯同志《七律·写在中华诗词学会
　　第四次代表大会召开之际》原玉 ……………… 247
中国人民抗战暨世界

反法西斯战争胜利 70 周年大阅兵 …………… 247
杭州喜会红解、绍洲、衍明有作 …………… 248
湘湖即兴 …………… 248
中秋返乡情吟（十二首） …………… 249
  中秋返乡 …………… 249
  山村新貌 …………… 249
  祭奠爹娘 …………… 249
  凭吊圣贤 …………… 250
  拜访乡亲 …………… 250
  中秋之夜 …………… 250
  叹进老宅 …………… 250
  踏访南山 …………… 251
  漫上北岭 …………… 251
  怀念小河 …………… 251
  希望学校 …………… 251
  空巢农户 …………… 252
天斧沙宫咏三十二韵 …………… 252
原玉奉和达尔罕夫兄《雪中招饮》 …………… 254
  附：达尔罕夫《雪中招饮》 …………… 254
昆明大理道上 …………… 254
紫城一瞥 …………… 255
丽江印象 …………… 255
眺望南海 …………… 256
兰州治理大气污染见效喜赋 …………… 256
贺庆阳市诗词学会成立口占 …………… 256
敬亭山 …………… 257

出席庆阳诗词学会成立大会再上董志塬……………257

成州西狭……………………………………………257

黄龙碑………………………………………………258

礼赞平川……………………………………………258

礼赞西固……………………………………………259

礼赞白银……………………………………………259

致青春诗会青年诗人………………………………260

小镇五题……………………………………………260

　　客居小岛………………………………………260

　　月夜偶感………………………………………260

　　自度中秋………………………………………261

　　小镇遭染………………………………………261

　　喜见丰稔………………………………………261

小径见蚂蚁垒坝防雨………………………………261

湖畔观鱼……………………………………………262

安宁即咏……………………………………………262

海滩赏最大月亮……………………………………262

贺扬州诗词学会30周年……………………………263

小年颂词……………………………………………263

步马凯先生贺诗元玉颂春兼贺《中华辞赋》三周年……264

　　附：马凯先生《贺〈中华辞赋〉创刊三周年》：…264

丁酉咏鸡……………………………………………264

浣溪沙·虎园老虎伤人……………………………265

学雷锋有感…………………………………………265

浣溪沙·于欢案……………………………………265

礼赞洮州，贺诗词学会成立………………………266

和李文朝将军
  《纪念中华诗词学会成立三十周年》原玉…………266
   附：李文朝将军
    《纪念中华诗词学会成立三十周年》…………267
遥和何鹤《八里桥赏杏（花）》……………………………267
  附：何鹤《八里桥赏杏》………………………………267
浣溪沙·乌镇………………………………………………268
浣溪沙·感时………………………………………………268
悯农…………………………………………………………268
浣溪沙·再题兰州马拉松…………………………………269
浣溪沙·夏收………………………………………………269
颂陈母………………………………………………………269
散步喜见群群幼儿有感……………………………………270
八一朱日和阅兵……………………………………………270
赞河州砖雕师………………………………………………271
读某儿诟褒姒句……………………………………………271
浣溪沙·手术室前…………………………………………271
浣溪沙·术后三日…………………………………………272
浣溪沙·病房长夜…………………………………………272
忆挽头坪……………………………………………………272
南京大屠杀死难者公祭日…………………………………273
冬至怀乡……………………………………………………273
浣溪沙·血月亮……………………………………………273
浣溪沙·立春………………………………………………274
浣溪沙·戊戌春节…………………………………………274
渔家傲·沙尘暴……………………………………………274

龙抬头日	275
春分	275
琼海踏青	275
闻陇上春寒	275
琼海赏春	276
谷雨	276
听鸟	276
戏蛙	276
饲鱼	277
立夏	277
登广州塔	277
浣溪沙·回陇上	278
靖远礼赞	278
灵秀响泉	279
虎豹山庄	279
吊潘育龙	280
吊范振绪	280
独石砥柱	281
法泉古寺	281
登鱼龙山	282
浣溪沙·观景亭上望麦积山	282
清平乐·南郭寺听蝉,秦州雅集分韵得"寂"字	283
再登崆峒	283
崆峒山上	283
柳湖公园	284
无题	284
陇中眺望	284

游花语小镇……285
阿干即兴……285
禅源太湖怀赵朴初……285
游五千年文化园……286
赵朴初故居口占……286
瞻仰赵朴初纪念馆……286
吊赵朴初陵园……286
登晋熙楼……287
花亭湖上……287
赵朴初诗词研讨会有感……287
西风禅寺……287
海会寺即兴……288
感怀……288
躬耕乐咏……288
立春……289
人日有寄……289
雨水……289
种蔬……290
惊蛰……290
栽红薯……290
黄湾行吟……291
诗城奉节……291
白帝城怀古……291
武威再登长城……292

夏夜

乘凉夏夜在南场,洒地星辉风送香。
围坐听爷说故事,天河岸上指牛郎。

1959年6月

立志

爷爷教导永记心,书中知识是黄金。
凿壁囊萤千般苦,敢破万卷磨铁针。

1960年11月

夏趣

乘凉小坐在沟沿,忽听铿锵出岭湾。
循声跳跃寻踪去,捉得赤衣蝈蝈还。

1963年8月

邮差送来大学录取通知

棉田挥汗掐花杈,中榜通知起彩霞。
蝈蝈放归丛莽去,肩挑书捆进京华。

1964年8月

乾陵

女主谦留无字碑，娥眉何必让须眉？
古来皇帝百千个，功业几人胜过伊？

1968年9月

贺兰山下

荒原一片白茫茫，麦草为铺地作床。
劳动归来批判会，灵魂改造日惶惶。

1969年3月

惑

黑风漫捲乱沙扬，锄地抬筐翻土壤。
自幼沐于红太阳，为何说是旧思想？

1969年8月

浪淘沙·北湾五七干校

世乱遇旋涡，困厄几多。霎时飞祸恨邪魔，空叹人生真坎坷，徒唤奈何？　　作证有黄河，堤畔为窝。苦中放眼看流波。呼友汉湾摸鲤去，且放高歌。

1972年6月

再过洛阳怀人

阴差阳错失芳卿，岂逐荣华岂绝情。
问天可有来生事？如有与卿约后生。

1976年6月

满江红·粉碎四人帮

黑暴压城，寒流起，风狂雨急。巨星陨，四魔乱舞，昭彰恶迹。白骨篡权循吕后，黑帮窃国害民贼。不自量，螳臂竟挡车，谈何易！　　驱妖雾，震霹雳；团众力，除凶逆。继领袖遗志，披荆斩棘。屹屹千山沐晴朗，滔滔万水歌胜利。看大江东去浪淘沙，遵规律。

1976年10月

过乌鞘岭

黄花彻地蝶蜂忙，丰草肥羊沐艳阳。
兵家自古必争地，道盘九曲下西凉。

1977年7月

甘州曲·赴民乐道上

斜阳圆，昏鸦噪，站枝端。趁风车急起黄烟，隐隐汉时关。路漫漫，纵目向天山。

1977年7月

西江月·参加平反冤假错案

风飒摇空老树，霜寒萧杀新晴。欲伸正义复公平，忍看不平更横。　　日月穿云西去，江河破浪向东。又闻窗外起鸡鸣，舞剑兰皋啸咏。

1978年10月

西湖遇雨

一阵烟雨一阵晴,粼粼细浪入苍溟。
莫怨云遮倾国貌,含羞西子最多情。

1978年12月8日

如梦令·临夏红园

巧鹉灵猴猞猁,芍药牡丹大丽。最是醉游人,精湛砖雕技艺。旖旎,旖旎,陇上名园幽异。

1979年7月

过七道梁①

雾绕云遮郁郁葱,龙盘蛇舞上高峰。
白羊山顶咩咩叫,路面凸凹险几重!

1979年7月

【注】
① 七道梁,古称摩天岭。上有摩云关,为兰州南部重要关隘。

岳坟有感

冲天壮志捣黄龙，十二金牌何遽匆。
自古忠良多劫难，青山秀水慰精忠。

1979年10月

踏春

草嫩翠堤长，泥新紫燕忙。
坐听春水涨，行看柳花狂。

1980年4月

一剪梅·乌鞘岭

横卧雄狮扼走廊，西控甘凉，东带河湟，如虹气势傲穹苍。雪岭茫茫，丽水汤汤。　碧草青山牛马羊，曾是战场，曾为牧场，华蕤[①]部落英雄乡。几度炎凉，今更辉煌。

1980年5月

【注】
① 华蕤，又称华锐、华热，藏语英雄之意。

董志塬

远山近景大平原，阡陌纵横接昊天。
翳野桑麻烟霭里，塬边富庶胜秦川[①]。

1980年5月

【注】
① 谚曰："八百里秦川，富不抵董志塬边。"

镇原

五指塬融煦煦风，催开百里杏花红。
制宜因地创优势，处处果林皆蓊葱。

1980年5月

满江红·甘肃省档案学会成立

煦煦和风，残冬尽，春光灿烂。河陇上，蝶翻蜂舞，燕鸣莺啭。十载劫凌兴旷废，三年恢复谋开展。看兰台，处处焕生机，宏图现。　光阴逝，真可叹；鸿鹄志，犹高远。为中华雄起，赤诚无限。身效犹龙藏史籍，风追司马绅坟典。听胡笳、高奏出征歌，齐心干。

1981年4月22日

临洮怀古

铁马金戈古战场，哥舒碑断话沧桑①。
汉羌同是炎黄后，团结精诚建陇乡。

1981年7月

【注】
① 哥舒翰纪功碑，位于甘肃省临洮县城南大街，唐玄宗天宝年间为大将哥舒翰所立。

登祁山堡①

故垒尤闻战马鸣，心存疑事问先生。
隆中已对三分鼎，何必祁山徒用兵？

1981年7月

【注】
① 祁山堡，位于今甘肃省礼县祁山镇西汉水北岸，是三国时蜀汉丞相诸葛亮北伐曹魏的营堡。

感怀

芸窗寒暑夜,奋读五车书。
立志遵诸葛①,为文效相如②。
忠诚兴祖国,慷慨别蓬庐。
不计沉浮事,恬然一似初。

1981年10月

【注】
① 诸葛亮有《诫子书》:"夫志当存高远……"
② 相如,汉代辞赋家代表人物司马相如。

无题

杀人不见血花飘,骄傲一词如利刀。
进取人言争表现,退逡又道扮清高。
有根有据口难辨,无影无形罪莫逃。
磨罢三遭棱角尽,乖乖温顺小羊羔。

1981年10月

庆祝中国档案学会成立

沧海桑田谁表识？端依坟典认先知。
奥文故帙前人事，粹籍灵符后世师。
护宝藏珍兴秘阁，建功立业佐清时。
京华盛会生机旺，更上层楼焕丽姿。

1981年12月23日

永遇乐·贺中国档案学会

炳炳汗青，沧桑百代，白云苍狗。甲骨金铭，缣帛简牍，万化书而赖。奥文秘传，灵符粹籍，灿灿人文渊薮。古今事，兰台伟业，迁班懋功无朽。　春回大地，神州溢彩，架阁生辉争秀。盛会京华，学人云集，承往尤开后。深研理论，躬行实践，大道阳关驰走。铙歌起，再创嘉绩，雄飞赳赳。

贺陕西省档案学会成立暨先进经验交流会召开

青史悠悠浩若烟，帝京千载续韦编。
迁班纪传追前事，秦汉典章启后篇。
昨夜雍州春雨降，今朝架阁锦花妍。
陕甘本是一家子，携手相帮共策鞭。

1982年2月25月

参观陕西省档案馆

关中文化耀家邦,煌矣周秦并汉唐。
岐地卜辞明远古,半坡符号溯炎黄。
骨签三万未央出,石刻千通碑室藏。
雨润兰台新万象,敬诚事业增荣光。

1982年2月26日

无题

谁家小子放飞筝,直上青云凭好风。
霹雳几声雷霆震,一头摔下倒栽葱。

1982年4月5日

丁香花

繁花簇簇沐晨光,淡雅清高发暗香。
玉立春风三月里,无心招引蝶蜂狂。

1982年4月

洋槐花

皎皎轻云绕枝上，不争艳丽却清香。
丰年点缀亦成景，歉岁赒民可度荒。

1982年5月

西江月·档案工作恢复整顿总结表彰

河陇千嶂叠翠，金城万木争荣。三年整顿大功成，英杰无名可敬。　　遍阅沧桑变化，尽收风雨纵横，兰台亦可起鲲鹏，莫道这边清冷。

1982年5月

青玉案·贺新春

东风万象换时序。癸亥来，壬戌去。春暖兰台莺燕舞。护宝藏珍，鉴今明史，争把新功著。　　侨园曾老题鸿赋，事业创新重任务[①]。改革大潮催战鼓。同心同德，高歌猛进，阔步长征路。

1983年2月6日

【注】

① 1982年12月，在北京侨园饭店召开全国档案工作恢复整顿总结大会。曾三同志讲话，提出"开创档案事业新局面"的重要任务。

祁连山遇雨

夏入祁连路径斜,尽看绚丽杜鹃花。
忽逢一阵蒙蒙雨,缥缈群山披素纱。

1983年7月

念奴娇·贺《档案工作》华诞

今年,是《档案工作》创刊三十周年,因拈此调,以志庆贺。

英华灿灿,档刊逢华诞,同道齐欢。誉满兰台人颂赞,论经说法鸿编。授业传薪,排难解惑,助人奋登攀。文灼诗豪,博雅风骨不凡。　　风光更喜今朝,欣涤春雨,溢彩百花园。整顿提高扬改革,恰似征旃飘然。意气峥嵘,雄飞精进,拓路更超前。远征头雁,放歌新阕争先。

1983年9月8日

河西道上

长城迤逦走东西,点点鸿痕印雪泥。
居上后来情更好,缤纷五彩入眼迷。

1984年7月

张掖绿洲

苍葭烂漫柳枝柔，南国春光映碧流。
万顷千畴花似雨，八声和协唱甘州①。

1984年7月

【注】
① 词牌中有《八声甘州》《甘州曲》传唱。

酒泉即兴

金泉醇酒洗征尘，赫赫嫖姚励后人①。
丽日蓝天柳飞絮，欢吹羌笛太平春。

1984年7月

【注】
① 嫖姚：西汉嫖姚将军霍去病。元狩二年（公元前121年）率军西征河西走廊，驱逐匈奴，大获全胜，倾酒于泉，与三军同饮，酒泉因此得名。

无题

夏日上兴隆，观花访老松。
寻真自在窝①，啸傲白云峰。

1984年7月

【注】
① 自在窝，道教全真龙门派第十一代传人刘一明道人修真处。

沁园春·国庆三十五周年

暮雨纵飞，朝霭横驰，斗转岁移。看五湖春色，柳翻新蕊；九州烟景，花吐芳菲。油海钢河，麦涛稻浪，百业兴隆入眼迷。新中国，历春秋卅五，奠定宏基。　　前程一片光辉，喜民族重兴信有期。正千帆竞发，乘风破浪；万马齐奔，挟电腾霓。除旧创新，励精图治，改革春风煦煦吹。争朝夕，为功成四化，奋勇前追。

1984年9月30月

牵牛花

惯将喇叭吹哇啦，附势攀高向上爬。
可惜天生骨头软，寒霜起处化泥沙。

1984年11月

五泉山

皋齐银汉绕云烟，奇妙山阴五眼泉①。
甘露烹茶掬明月，清流惠世润禅关。
危栏高阁观春景，静谷幽林结释缘。
有趣池边摸子客，欲男得石乐颠颠。

1985年4月

【注】
① 五泉分别为惠泉、甘露泉、掬月泉、蒙泉、摸子泉。

嵩山达摩洞

一苇过江挂锡嵩，高僧得道创禅宗。
世间万事皆非易，面壁十年方悟空。

1985年7月

感时

岁月像条河，滔滔逐逝波。
宜当争分秒，且莫自蹉跎。

1985年11月15日

纪念国务院《关于加强国家档案工作的决定》发布三十周年

《决定》施行三十年，缅怀总理感联翩。
法规定制筹谋远，档业培基拓路先。
馆室如林藏典富，卷宗充栋类门全。
喜看"七五"宏图绘①，破浪乘风更向前。

1986年3月21日

【注】

① "七五"，国家第七个五年计划。这里指"七五档案事业发展规划"。

洛阳牡丹花会观赏牡丹

抗旨迟开贬洛阳,遇安灵地更荣昌。
黄姚紫魏芳而艳,绿女红男喜且狂。
名卉良媒促经济,古都盛会走康庄。
吉祥富贵傲花苑,五彩缤纷第一香。

1986年4月

蜀中闻鹃

昔日蜀天子,精神化杜鹃①。
声声泣血啼,劝农快种田。

1986年

【注】

① 杜鹃鸟,又名杜宇、杜宇魂、蜀王魄、子规、布谷等。传古蜀国望帝杜宇去逝后化为鸟,春夏季节昼夜啼叫,以至嘴角流血。川中人民为表达对望帝的怀念,把此鸟叫作"杜鹃"。

水调歌头·兰大档案干部专修科学员毕业典礼

家里娇妻恼,膝下乳儿啼。年过而立求学,滋味有谁知?经历二冬三暑,熟读五经六艺。今日略宽余。坎坷人生路,事业紧相追。 夏萤火,冬映雪,日孜孜。古今诗圣文翰,勤奋可称奇。莫要浅尝即止,务必脚行实地。千里骋龙骊。无限好韶光,花乱斗芳菲。

1986年7月10日

皋兰即兴

大河绕郭东流去,名邑皋兰映晓晖。
茂稼千町翻绿浪,乱花万树吐芳菲。
晴川烟嶂入图画,石洞贝经生化机[①]。
改革春风兴百业,兰山南北彩云飞。

1986年8月

【注】
① 石洞寺,位于皋兰县石洞乡魏家庄村。始建于元代,依天然石洞而成。

甘州

汉武开边张臂掖，河西雄镇最风流。
嫖姚征战驱胡马，强弩戍屯筑塞楼[①]。
万里通衢驮彩练，三千弱水润芳洲。
行看百业生机旺，齐奔康庄展大猷。

1986年9月

【注】
① 西汉强弩将军路博德。

马蹄寺

造化自然留胜迹，丹崖翠嶂印鹜蹄。
窟悬峭壁重重险，寺隐幽林处处迷。
神骥腾驰挟雷电，飞天袅窕起虹霓。
春风化雨润禅刹，佛国人间同菩提。

1986年9月

吴地三章

丁卯年四月，赴苏城参加全国档案专业职称改革工作会议，得睹吴地盛景，因以记之。

1987年4月

虎丘

山光塔影虎丘陵，风壑云泉旖旎容。
安得吴土宝图在，三千藏剑可寻踪[①]。

【注】
① 相传吴王夫差陵内，有干将、莫邪、鱼肠、扁诸等宝剑三千随葬，故有剑池。夫差曾绘有地宫构造图，后失。

苏州市档案馆

收珍存宝馆藏丰，察往励今第一功。
服务精心增效益，东吴百业正兴隆。

秦淮

秦淮河畔访遗踪，但见石头鬼脸城。
六代金粉何所在？万千卷帙见峥嵘。

怀孙中山

一代伟人孙逸仙，推翻帝制换新天。
虽遭大盗窃权柄，难阻洪流破峻山。

1987年7月

武威沙漠公园

并非蜃景赏娇妍，松苍柏翠锁黄烟。
治沙种树当持久，人力须知能胜天。

1987年8月

民勤绿洲

大漠边缘绿色浓，飘香沙枣草茸茸。
宜乘盛世栽新木，腾起青龙锁火龙。

1987年8月

高台谒烈士陵园

悲壮英雄西路军，断垣犹见弹穿痕。
河西血沃三千里，高树丰碑警后昆。

1987年8月

祁连山观淘金有感

风劲祁连逐乱云,马蹄馥馥草深深。
千摇万荡成今古,淘尽狂沙始见金。

1987年8月

碌曲草原

秋高畜壮草无垠,处处经幡飘入云。
三两牧儿飞骑逐,猛獒护帐吠猖狺。

1987年9月

吊五人墓①

少年即可诵碑文,不惑山塘访五人。
黄垅几多冤死鬼,凌烟少有善终臣。
周公忠正却遭逮②,魏寺奸邪反被亲。
倒倒颠颠情与事,非非是是果和因。

1987年10月

【注】

① 五人墓:明代苏州市民反魏忠贤斗争殉难义士的墓地,位于苏州市虎丘山旁,为颜佩韦、杨念如、马杰、沈扬、周文元的合葬墓。明张溥有《五人墓碑记》记之。

② 周顺昌(1584—1626):明苏州吴县人,字景文。万历进士。因反对魏忠贤于天启六年(1626年)被捕,受酷刑死。

痛悼朱文元局长

1月31日凌晨,良师益友朱文元局长仙逝。谆谆教诲,言犹在耳,不胜唏嘘:

驾鹤乘风夜光寒,魂归三岛①四更天。
廉明公正惟诚敬,宽厚仁和却毅然。
逆境常言需奋进,成功每诫要恭谦。
挥泪追思继遗志,续写兰台未了篇。

1988年1月31日

【注】

① 三岛:即蓬莱、方丈、瀛洲,古代神话传说中的仙山。《史记·秦始皇本纪》:"海中有三神山,名曰蓬莱、方丈、瀛洲,仙人居之"。

② 文元局长生前曾多次教诲说:"身处逆境,更要努力工作;取得成功,须要谦虚谨慎。"

黄鹤楼

大江推浪奔东海,荆楚雄风拨雾开。
黄鹤谁言不回返?时逢盛世又飞来①。

1988年5月

【注】

① 唐崔颢诗有句:"黄鹤一去不复返,白云千载空悠悠。"1985年,黄鹤楼重建竣工。

贺《档案工作》第二次通讯员会议

喜迎档苑众园丁，五月宜春百卉荣。
超迈学行思致远，斑斓文采业求精。
笔端丘壑龙蛇走，笺上风云凰凤腾。
更助悠扬好风力，兰台发展路峥嵘。

1988年5月

桑科草原

龙马肥羊漫草原，白云袅袅绕青峦。
藏家儿女迎来客，煮奶烹羊做藏餐。

1988年7月

参加第四次档案期刊研讨会赠编辑同志

春满兰台潮涌急，百花争艳草萋萋。
传经论道扬真理，慧智启明解问题。
致远助行铺路石，登高扶挽载人梯。
愿君妙用神来笔，谱唱新歌催马蹄。

1988年10月13日

怀胡耀邦同志

欲缚鲲鹏志未成①,乘风抱憾上蓬瀛。
长街十里潇潇雨,哀乐千迴恻恻情。
涉水攀山谢天下,栽花植树绿乡城②。
待当四化梦圆日,举世倾杯祭国英。

1989年4月22日

【注】

① 1983年,胡耀邦同志视察位于六盘山下的甘肃省静宁县,欣然命笔题词:"今日长缨在谁手,缚罢苍龙缚鲲鹏。"

② 1981年,胡耀邦同志对甘肃工作作出"大抓植树种草,改变甘肃干旱面貌"的重要指示,并亲自寄送树种。

爷爷

少小悲凄失去娘,爷爷佑我历风霜①。
寒窑败絮身先暖,残薯冷汤孙后尝。
每诲勤劳成事业,常教苦读报家邦。
何曾安享半星福?大德深恩永不忘!

1989年3月

【注】

① 爷爷张公讳天祥(1873—1960),河南省伊川县鸦岭乡后黑羊村人。一生务农。勤劳淳朴,忠厚诚信,大义明理,慈爱善良。中年祖母去世后,含辛茹苦抚育三个子女成人。继而母亲去世,又在艰难困苦中佑护我姊弟三人成长,教我上学读书。

参加全国档案教育培训班并赠小丽同志

忆当龄妙少年时,曾读五车仰惠施①。
最爱出师诸葛表,常吟天问屈原辞。
志存定远援弓马②,神骋拾遗陈史诗③。
从业兰台终不悔,不歆新贵凤凰池④。

1989年5月

【注】

① 惠施(约前370—约前310):战国时哲学家,名家的代表人物。《庄子·天下》:"惠施多方,其书五车。"言其书多学富。

② 东汉名将班超(32—102),字仲升。扶风茂陵人(今陕西咸阳东北),极有勇谋。曾任西域都护,保护了西域各族的安全及丝绸之路的畅通,封定远侯。

③ 唐大诗人杜甫(712—770),字子美。曾任肃宗朝左拾遗。其作品显示出唐代由开元盛世转向分裂衰微的历史过程,被称为"史诗"。

④ 凤凰池:魏晋时中书省掌管一切机要,接近皇帝,位极显贵,故称凤凰池。

参观山西省档案展览

故纸虽轻能济世,一函何止值千金。
卷宗相续文明史,无档岂能知古今?

1989年11月22日

山西省档案馆同行

默默无闻奋献身,平凡事业见情真。
宗山卷海凝心血,溯古匡今荫后人。

1989年11月22日

晋祠怀董狐①

存真求实志当讴,立档不畏人杀头。
三晋兰台新气象,万千良史记春秋。

1989年11月22日

【注】
① 董狐,春秋时晋国史官。世袭太史之职,亦称史狐。晋灵公十四年(前607年),晋卿赵盾族人赵穿杀晋灵公。董狐不惧赵氏威势,在史册上写道:"赵盾弑其君。"史称良史。

贺全国档案局长会议

国庆时逢四十年,迥龙观里聚群贤①。
交流经验励新志,描绘蓝图奏和弦。
科教育人人奋进,法规治档档安全。
饮过甘冽迥龙水,如意祺祥勇向前。

1989年12月

【注】
① 迥龙观,原名玄福观,为明代皇家道观。

吊杨妃墓

三尺白绫辞六军,马嵬坡下化为尘。
兴亡治乱寻常事,岂可罪归佳妇人?

1989年12月24日

创办并主编《档案》杂志十年明志

十年披卷笔勤耕,纸背欲穿躬力行。
喜有名师著鸿论,愧非妙手点神睛。
笃忠马列扬真理,热爱兰台促远程。
云外华山高万仞,孜孜求索总关情。

1990年1月

肃王墓感怀①

仲夏踏崇岗，寻踪吊肃王。
草疏空寂落，冢毁任凄凉。
紫气徒来绕，盗窗犹自张。
青山浑不语，默默记兴亡。

1990年6月

【注】
① 肃王墓，位于甘肃省榆中县来紫堡乡黄家庄村北平顶峰，为明历代肃王墓群，有"陇上十三陵"之称。为全国重点文物保护单位。

兴隆山

陇右名山紫气氲，天骄倚戟厝元神①。
松涛阵阵龙兴雨，翠峤重重花袭人。
藏秀谷中听鸟语，白云窝里悟玄真。
踏青游客迷归路，无限风光永驻春。

1990年6月

【注】
① 兴隆山，位于甘肃省榆中县城南。公元1226年，成吉思汗曾在此休憩。1939年抗日战争中，成吉思汗陵寝暂厝兴隆山大佛殿。现有"成吉思汗文物陈列馆"。

参观刘公岛北洋海军提督署

水师铁甲学西洋,保国攘夷镇海疆。
长恨烽烟百年史,勿忘国耻更图强。

1990年8月

丁汝昌[①]

抗倭海上炮声隆,万寿山旁歌正融。
一缕残阳秋瑟瑟,亡师岂可罪丁公?

【注】

① 丁汝昌(1836—1895),安徽合肥人。晚清北洋海军提督。甲午中日战争中率军抗击日军,弹尽粮绝,拒绝劝降,自尽殉国。

邓世昌

摧坚抗敌以身殉,民族英魂世共钦。
可耻方吴刘戴辈[①],不如一犬有忠心[②]。

1990年8月

【注】

① 方、吴、刘、戴:指甲午海战中临阵脱逃的"济远"舰管带方伯谦、"广甲"舰管带吴敬荣和在威海保卫战中只身先逃的巩军总兵刘超佩、绥军统领戴宗骞。

② 甲午战争中,邓世昌携其爱犬自沉殉国,共赴国难。

刘步蟾

临危代督奋争先，勇抗倭军志凛然。
取义舍生天可表，人民终会辨奸贤①。

1990年8月

【注】

① 在甲午海战和威海保卫战中，"定远"舰管带刘步蟾英勇善战，兵败后壮烈殉国。电影《甲午海战》却将其描写成怯阵脱逃的败类。史学界已有多篇专文为其正名。

再被奸人陷害立案忆昔上书

当年愚直未长成，忧国上书达下情。
一片赤诚当悖逆，满腔忠悃遇狰狞。
恶徒构陷犯重罪，奸佞诬谗反小平。
国土泱泱多有别，一包岂可就都灵？

1990年12月

痛悼曾三张中同志[①]

二老仙游返太真,丰碑奋勉后来人。
沙场铁牢摧顽敌,秘阁兰台护异珍。
馆舍三千光大业,卷宗亿万见精神[②]。
关山漫漫征程远,映日红梅又报春。

1990年12月28日

【注】

① 曾三与张中同志分别于1990年11月28日和12月7日在北京逝世。

② 到1990年,中国已有各级各类档案馆2500多座,馆藏档案1亿多万卷。

过焉支山怀霍去病

勇冠三军拓汉边,驱胡逐虏定祁连。
开通丝路八千里,骠骑功高青史传。

1991年6月

焉支山怀古

晨晖映照大黄山,林木如删色若丹①。
肥草曾为胡虏牧,险关常有虎龙蟠。
骠姚哥帅扬军纛②,舜帝隋皇驻驾銮③。
往事浩茫何足道,今朝风物纵情观。

1991年6月

【注】

① 焉支山"以晓日出映,丹碧相间如'删'字,又名删丹山"。一名大黄山。

② 汉武帝元狩二年(前121年),骠骑将军霍去病将万骑,逾焉支山,大破匈奴。唐时,哥舒翰为大斗军副使,曾驻军焉支山。

③ 传说帝舜曾登焉支山,会西王母。另据史载:隋炀帝于大业五年(609年)西巡河西,在焉支山会见西域27国的国王、使者。

登嘉峪关

雄关虎踞两山间,丝路咽喉会极边。
玉砌天山驰野马,铜浇石障息漠烟。
崇墉深堑五重垒,杰构精工一块砖。
胜迹今逢新日月,生机无限盛空前。

1991年6月

卜算子·安远镇随想①

上意在安边，安远加宁远。无那时常起警烟边地频频乱。　　民族大家庭，红花朵朵灿。团结和衷融大千，家国同心建。

1991年6月

【注】

① 古代甘肃有安远、宁远、靖远、定远、威远、镇远、绥远、清远等名地。

赠夏晓燕

兰台从业何须悔，案卷关联国与民。
珍惜华年争奉献，力行奋进见精神。

1991年7月

赠聂永平

宜趁风华正茂时，五车书读莫踟蹰①。
男儿当效班都护②，女子应师曹大家③。

1991年7月

【注】

① 战国时名家代表人物惠施，博学多识，常带五车书随行，世人以"学富五车"誉之。

② 班都护：东汉名将，西域都护、定远侯班超。
③ 曹大家：大家（音gū），即大姑。东汉女史学家、文学家班昭（约45—约117年），嫁曹世叔为妻，故后世称"曹大家"。

赠李锦龙

人生意气各纵横，切莫无为转头空。
舞剑赋诗休待老，宜当年盛趁东风。

1991年7月

赠王志贤

如流岁月滔滔逝，博学笃行争现时。
坎坷不忧忧自弃，有为才是好男儿。

1991年7月

《档案》杂志通讯员会议

档刊傲放百花园，劬劬园丁个个欢。
博学多思书妙论，深研细考起文澜。
芬芳茉莉黄香草，清雅芙蓉白玉兰。
一片丹心融碧血，高歌猛进跨征鞍。

1991年9月20日

天祝

雪峰连碧岭，华锐荡雄风。
松麓遗城垒，塔滩罗梵宫。
白牛奔旷野，走马啸长空。
藏汉回蒙土，和衷水乳融。

1991年10月

感怀

纵横意气对苍穹，常虑无为叹逝匆。
甘效精诚酬祖国，耻弹长铗索鱼公。
寒霜三度砺高志，热血一腔歌大风。
功过任由评与说，人生无谤不英雄！

1992年3月28日

游官滩沟[①]

避暑到官滩，野花开灿颜。
东沟寻兽迹，西谷跋衔山。
香麝惊悄隐，锦鸡飞急还。
猜拳举酒罢，溪岸坐悠闲。

1992年7月26日

【注】
① 官滩沟，位于甘肃榆中县和平镇南，为明肃王牧马苑。

赞税务工作者（三首）

（一）

寒来暑去被星辰，进店穿场历苦辛。
三峡锁江京九竣，千万功高征税人。

（二）

耿耿丹心爱税收，精诚甘效巧谋筹。
人民税务为家国，勤奋耕耘孺子牛。

（三）

沐雨栉风催税征，聚财为国最光荣。
投身四化开新局，奉献拳拳赤子情。

1992年10月

柳湖

曲径回环点点红，湖光潋滟映茏葱。
多情杨柳依依舞，后辈乘凉怀蔡公[①]。

1992年10月

【注】
① 蔡公：宋知渭州蔡挺，引泉为湖，广植柳树，创修柳湖。

华亭道上

关山叠叠复重重，十月金秋叶染彤。
陇道崎岖成往事，长风浩浩过巉峰。

1992年10月

庄浪即兴

水洛河边绽紫荆，云崖渺渺陇山横。
吴王①祠内思前事，犹有金戈铁马声。

1992年10月

【注】
① 吴王，宋抗金名将吴玠，吴璘。

好水川怀任福

去今宋夏已千秋，乱草萧萧掩尺丘。
陇水难销沉戟恨，以身报国也风流。

1992年10月

【注】

① 宋康定二年，（1041年，西夏天授礼法延祚四年），西夏军在好水川设伏击败宋军。宋军庆环路副都部署任福战死。

参观秦陵兵马俑

栩栩如生疑是俑，鹰扬神武执长缨。
萧萧战马军威壮，辘辘兵车气势宏。
横扫八荒融禹域，并吞六国布秦令。
始皇千古存余烈，赫赫雄师又出征！

1992年11月20日

贺《西安档案》十周年兼致编辑同志

赤橙黄绿青蓝紫，古邑芳花争艳姿。
指导践行求实效，宣传档业播真知。
冗繁删削成新句，孤拗推敲得宏词。
人道秦腔多激越，励精奋进弄潮儿。

1993年3月5日

参观白银有色金属公司（今韵）

旧时破败白银厂，今日新城美且雄。
八宝倾山献珍宝，四龙开口跃金龙①。
五十来载拼搏史，三百万吨铜锭功。
创业二番正崛起，辉煌再造趁东风。

1993年5月

【注】
① "八宝山""四龙口"为白银市地名。

痛悼王秉祥同志

少年壮志赴军戎，铁马金戈求大同。
忘死舍生迎丽日，宵衣旰食建新中。
有情有义浩然气，无畏无私高洁风。
耄耋潜心修史志，桑榆霞染满天红。

1993年8月16日

楚天台怀屈原

楚天台上楚风雄，疑入章华王故宫。
屈子遭谗自沉去，离骚千古震苍穹。

1993年9月24日

题虎

白额吊睛山大王，声声长啸震崇冈。
丹青维肖人人爱，却将凶残比虎狼。

1993年11月

紫藤

绿霭紫霞烟淡笼，园林坳壑俱成丛。
将其比作夫妻好，缠蔓攀枝斗劲风。

1993年11月

水调歌头·毛主席诞辰感赋

湘水惊涛急，井冈赤旗翻。壮心收拾金瓯，挥众倒三山。村镇包围城市，赢得乾坤旋转，功高盖九天。雄著昭今古，万众颂诗篇。　千秋业，征途远，代代传。后昆承志，振兴华夏耀瀛寰。九派大江横锁，银汉神州往返，盛世更无前。日月经天地，光彩照人间。

1993年12月26日

河西遇沙尘暴

黑风漫漫暗霄汉,狂卷黄沙万物残。
楼兰消失居延涸①,改良生态莫蹒跚。

1994年4月

【注】
① 居延海,位于内蒙古自治区额济纳旗,是中国第二大内陆河黑河的尾闾湖。

乡思

心怀故里地和天,梦绕魂牵伴我眠。
南岭芊芊牧牛马,西洼沃沃种禾棉。
冬观社戏游村寨,夏闹河溪捉鲤鲢。
最惜满坡梨柿杏,毁于大炼铁钢年!

1994年4月

满江红·引大工程[①]

浩渎空流，旱魔肆，荒原凄敝。逾水域、济秦引大，世间奇迹。沃野飘香禾浪涌，黄沙吐绿林涛起。看玉龙、腾跃上秦川，生旖旎。　　华水勇，中铁毅；东国日，西邦意。赞英雄治水，禹王堪媲。科技神威排险阻，铁军力量惊天地。定良谋、人众可胜天，丰碑立。

1994年5月30日

【注】

① 引大工程：又称引大济秦工程，指引大通河水接济兰州西北秦王川地区的大型水利工程。

赞引大工程总指挥韩正卿

尚农治水宕昌公，务实真抓名盛隆。
疏凿东江民致富，整修华岭树生葱。
两西建设迎难进，浩渎引流骑虎冲。
公仆若都拼命干，荒原何处不春风！

1994年5月30日

返乡二题

捉蝈蝈

返乡又得儿时乐,满岭追声抓蝈蝈。
蹑足潜踪觅所藏,更防棘刺马蜂蜇。

编蝈笼

割来去穗高粱杆,细削篦条编蝈笼。
孙辈围观惊且喜,"爷爷也好叫虫虫!"

1994年8月

考察张掖"黑水国"遗址

乱草黄沙路径崎,风流尽掩见残遗。
途中漫说千秋事,属汉属唐仍有疑。

1994年11月

薤谷剑劈石

冲霄剑气镇天狼,藏汉同怀格萨王。
美酒清香歌婉转,兰花坪上舞锅庄。

1994年11月

赠张掖修志同行

修志旬年意从容，记天述地乐无穷。
但当千转时轮后，青简高标众史公。

1994年11月

环县

天宽地阔白云闲，曲水重峦三省间。
南控陇原连陕岭，北通宁漠出萧关。
红军歼敌山城堡，边府筹谋洪德湾。
灵武台旁春意闹，环江两岸换新颜。

1995年3月1日

周祖遗陵怀古

失官不窋奔戎狄，周道初兴来凤仪。
率族筑城修典制，教民稼穑务耕宜。
流风夷夏三千部，奠业王宗八百基。
二水淙淙颂遗德，氤氲紫气草离离。

1995年3月2日

【注】

① 《史记·周本纪》：周先祖"不窋末年，夏后氏政衰，弃稷弗务。不窋以失其官，而奔戎狄之间。"遗陵在今甘肃庆城县城郊东山之上。

泾川王母宫

瑶池明月照帘栊,八骏如龙追骣风。
可赞东公西母恋,中华一统著丰功。

1995年3月8日

早春

日向中天昼渐长,柳梢淡淡起鹅黄。
知春最是垂髫女,曼妙短裙迎煦光。

1995年3月10日

读《兰州市志·邮政志》并参观通讯枢纽

原人脱昧入文明,便有寄传应运生。
烽起狼烟报军讯,道驰驿马递民情。
关中塞外家书到,海角天涯政令行。
信息时期高技术,喜看邮业上新程。

1995年3月

江城子·人大同学聚会

阳春校友喜相逢。意浓浓，乐融融。追去抚今，笑语诉心衷。往事似烟如幻梦，经多少，雨和风。　　鸿文铁马建丰功。志豪雄，气如虹。岁月悠悠，白发叹成丛。天命更知当自励，奋征步，上高峰。

1995年4月

参观国营五〇四厂即兴

耸峙河滨核子城，为增国力建丰功。
艰辛奋斗汗挥雨，发愤图强气贯虹。
两弹升天惊恶霸，群潜下水镇罴熊。
黄涛滚滚东流去，冲破关山二百重。

1995年4月7日

咏春

浅草兰山染远峰，黄河涌浪逝匆匆。
烟笼岸柳千丝绿，霞映圃花万朵红。
来去衔泥筑巢燕，耘耕扶耒种田翁。
一年之计谋春日，莫负融融煦煦风。

1995年4月15日

贺《金昌市志》首发

力耕八载历辛劳,市志初修胆气豪。
细刻精雕一枝笔,广征博采九牛毛。
有声有色古今事,无尽无穷江海涛。
资治教民开后世,文明建设又登高。

1995年5月16日

金昌有感

荒原崛起镍都城,创业英雄神鬼惊。
瀚海茫茫本无路,披荆斩棘任驰行。

1995年5月

金川峡水库

两山横锁碧渊渊,鱼跃鸢飞风拂涟。
水利原为宝中宝,济工润垄下金川。

1995年5月17日

景电工程

黄河滚滚上高台,得意春风习习来。
更趁回天科技力,荒漠吐翠百花开。

1995年5月19日

学习孔繁森

正气浩然凌白云,公仆模范党员魂。
别亲东鲁酬心志,援藏高原报国恩。
热血一腔阿里洒,清风两袖庶民尊。
精神不朽同天地,灿灿光华照后昆。

1995年5月30日

七七事变58周年(今韵)

鬼子重七挑战衅,救亡抗日卷烽云。
威扬华北老八路,血沃江南新四军。
忘死舍生斗凶寇,前仆后继奏强音。
团结御侮雪国耻,屹立寰球民族林。

1995年7月7日

看《三国演义》（十首）

看《三国演义》

兴亡离合世情汹，妙计奇谋智未穷。
过隙白驹都是客，焉能成败论英雄！

曹操

生逢乱世汉将倾，逐鹿中原求一统。
天下为公不姓刘，阿瞒英杰当称颂。

孙权

和战曹刘度势情，烧过赤壁燎彝陵。
纵然治得江东旺，不进中原非大鹏。

袁绍

四世三公徒有名，祖宗岂可保功成？
寡谋多忌亡家国，枉拥幽并百万兵！

诸葛亮

以攻为守安巴蜀，以弱驱强六出功。
后世不知诸葛意，说胜说败妄参同。

吕布

弑主求荣三易姓，忘恩负义世人轻。
纵凭勇武千钧力，殒命白门遗笑名。

关羽

斩良诛丑报恩宠，狭路焉何释魏公？
两国交兵生死斗，徇私纵敌岂当崇！

周瑜

高标雅量意峥嵘，武略文韬才藻宏。
三气若真抛命去，岂能江左冠群英？

魏延

夺川伐魏建奇功，智勇备兼心亦忠。
诸葛贤能也疑忌，妄言反骨大冤蒙！

杨修

说明鸡肋竟丢命,飞檄谁怜立马成?
傲上率真多致祸,因才身累是书生。

1995年8月

二次世界大战胜利五十周年(今韵)

赢得二战五十春,鉴戒前车看近邻。
政要论坛出妄语,恶魔鬼社荡阴魂。
颂扬侵略扩军备,篡改史书欺世人。
今日和平虽主调,居安防患莫轻心。

1995年8月15日

如梦令·暴风雨

夜里电惊雷迸,狂卷骤风三更。暴雨似盆倾。瞋目怒向天诤:凶猛!凶猛!知否毁禾伤埂?

1995年8月

永昌行

永邑盛昌地，殷饶景色妍。
潺湲流丽水，磅礴走祁连。
皎皎南山雪，清清北海泉。
物丰金属矿，民富米粮川。
拢翠千村树，含芳万顷田。
骊靬罗马事，虚妄众人传。

1995年9月7日

山丹怀艾黎何克

远涉重洋万里涯，胸怀天下爱中华。
奇男奇志创奇业，高洁昆仑雪莲花。

1995年9月8日

咏税务工作

税收国计紧相连，邦强瓯固此当先。
两税法颁转唐运，一条鞭出解明悬①。
民生富裕民心乐，国库丰盈国势坚。
努力聚财兴四化，加强征管谱新篇。

1996年1月6日

【注】

① 两税法：唐代后期施行的赋税制度。一条鞭法是明代中叶以后赋役的改革办法。

全国第二次地方志工作会议

弘扬华夏好传统，新志编修事业宏。
熔铸古今书国运，求真存实记民情。
亦褒亦贬亦风教，为信为资为鉴衡。
盛会京华春雨润，劬劬史苑正耘耕。

1996年4月8日

在京遇海燕之茂并遥寄档案期刊上海研讨会诸友人（二首）

（一）

可记时轮十载前？诸君聚首大河边[①]。
皋兰山上观春景，宁卧庄中谋续篇。
喜看小草成乔树，哀叹老友化蓬仙[②]。
辛勤档苑众园丁，呵护百花增丽妍。

（二）

馆阁情深二十年，身虽离去却心连。

魂牵档苑朋和友，梦绕兰台卷与编。

断草欲萌寒尚冻，孤舟思返浪狂颠。

寄语申江踏歌者，莫忘离鸿云彩边。

1996年4月10日

【注】

① 部分省、市、自治区档案期刊研讨会1987年9月11日至15日在兰州黄河之滨召开。

② 1987年后，江苏《档案与建设》主编保自澄、《黑龙江档案》主编汪万仁等先后英年早逝。

开封包公祠有感（二首）

游人抚摸包公祠碑上包公姓名，天长日久，竟磨出凹痕……

（一）

公平自在世人心，抚石成凹百代尊。

执法如山严自律，浩然正气满乾坤。

（二）

三铡寒锋泣鬼神，凶顽铡罢铡皇亲。
何时法治代人治，万里神州处处春。

1996年4月20日

过永登

当年贫苦甲甘中，今日民殷五谷丰。
杨柳夹河争丽日，牛羊满岭戏青葱。
风推麦菽时翻绿，霞映玫瑰常溢红。
更喜秦川得甘露，城乡百业竟兴隆。

1996年7月

古浪峡

崇山险道势峥嵘，铁锁金关虎狼名。
烽火烟传千里讯，碉垒洞藏百营兵。
和戎城忆郭元振[①]，滴泪崖哀穆桂英。
建设和平今为主，牛羊成阵草菁菁。

1996年7月4日

【注】
① 郭元振（656—713），名郭震，字元振。唐魏州贵乡（今河北大名）人。咸亨进士。曾任凉州都督、陇右诸州大使，筑和戎城。

民乐咏养蜂人

遍地芬芳遍地金，追花逐蜜费勤辛。
风餐露宿千般苦，酿得甘甜奉世人。

1996年7月13日

临泽吟

伫看炫双眸，烟霞一望收。
皑皑祁岭雪，黝黝黑山头。
碧涌银光闪，翠飞金欲流。
潆洄浸泽国，旖旎蔚芳洲。
网叠蔬瓜圃，纵横梁稻畴。
枣梨探叶外，葭荻秀湾陬。
长带柔条舞，方塘肥鳜游。
野花香亦艳，堤草嫩且稠。
堧畔牧牛马，汀中嬉鹭鸥。
胡笳扬激越，树鸟啭啁啾。
淑瑞晴空丽，清和爽气浮。

1996年8月

游肇庆七星岩

休言岳外不看山，奇丽七岩人赞叹。
翠峤星罗如北斗，碧湖环拱赛珠盘。
岑巅阁畔云飞疾，崖下洞中船走宽。
天柱峰尖叩天阙，邀来仙众共游观。

1996年11月13日

天净沙·安宁

遍看十里天华，醉心仁寿山洼。家易此乡住下，务园作稼，种桃植枣栽瓜。

1997年4月25日

少年游·什川

黄河着意绕重湾，化出美腴川。花团锦簇，翠飞红绽，陇上美桃源。　　纵横嘉果老梨苑，曲径水潺潺。树影儿摇，枝头儿颤，田父乐陶然。

1997年5月

引大入秦

大通河水来天上，汩汩长湍腾怒泷。
岸峻崔巍连叠嶂，涧深涴演走长虹。
改天换地新时代，凿岭穿山老愚公。
引得清流荒漠润，秦川百里化茏葱。

1997年5月18日

陪舞女

雾浊灯昏夜色阑，轻盈步态意缠绵。
做工劳累念书苦，浪吃青春有几天？

1997年7月

喜庆香港回归

英夷炮舰输鸦片，掠我香江逾百年。
订约割疆蒙国耻，赔银揖盗丧主权。
神州鸡唱开新纪，宝岛珠还庆月圆。
两制共存催统一，林公关帅笑黄泉[①]。

1997年7月1日

【注】
① 鸦片战争中的抗英民族英雄林则徐和关天培。

香港回归（三首）

（一）

宝岛回归开盛典，神州万里舞翩翩。
阿康末督悄然去，治港港人书锦篇。

（二）

英帝曾称日不落，殖民掠地恶行多。
薄暮无奈米旗降，孤筏惶惶回泰河。

（三）

喜看升旗港九归，紫荆花放焰腾飞。
金瓯圆缺资人力，强盛方能壮国威。

1997年7月1日

登蓬莱阁

旖旎风光花竞开，兴高探胜上蓬莱。
烟波浩渺浮帆影，蜃景依稀幻阁台。
心醉海天同一线，情钟齐鲁久徘徊。
仙乡虽好难留恋，神界人间隔九垓。

1997年7月

登泰山

险峻雄奇万级梯，巍峨岱岳白云栖。
仰看一柱撑寰宇，俯视群山飘块泥。
观日台前人接踵，玉皇顶上鸟无蹊。
登峰造极小天下，疏浅难将新句题。

1997年7月

崆峒行二十韵

西来第一峰,海内大崆峒。
广子修行处,轩皇问道翁。
既兼南国秀,更具北方雄。
势险屏关陕,路遥通肃蒙。
巍峨巘顶立,圜拥各台躬;
蓊郁芳林密,嶙峋怪石隆;
琼楼连玉阁,宝刹接琳宫;
幻幻仙乡里,茫茫云海中;
崖飞千丈瀑,壑挂万年丛;
筝韵传幽峡,雷声轰昊空;
金蝉鸣树杪,玄鹤舞苍穹;
法磬呗经和,塔铃钟鼓融。
凌虚迎紫气,临涧拂清风。
三月春枝绿,九秋枫叶红。
近看阳谷内,远望陇原东:
湖碧映浓翠,霭青镶浅棕;
泾流飘玉带,桥岳骋天骢;
岭峁重梯叠,田畴茂稼芃;
元机言不破,奇景画难工。
喜雨新晴后,满山披彩虹。

1997年7月10日

月夜灞陵桥

虹跨安澜浊浪平，济连秦陇挹金城。
清风霸柳拂圆月，皎皎蟾辉分外明。

1997年10月14日

莲峰山

渭水源头有碧莲，九峰环列比娇妍。
云轻时绕夷齐庙，松古曾悬马武鞭。
秋染枫崖千点火，春遮石径百花鲜。
陇原本是风华地，再绘秀容休等延！

1997年10月15日

登莲峰山

莲峰殊胜景，翠峤耸苍穹。
卦阁横岚紫，龙泉霭莽葱。
千枫飞赤叶，万壑挺青丛。
鸟语密枝上，鹿鸣幽谷中。
五台流秀色，双冢浥清风。
临去三回首，云山夕照红。

1997年10月15日

哭祭哥哥

天公洒泪地昏黄,祭奠胞兄上北冈。
土掬一抔圆冢首,酒倾三盏断肝肠。
幼年慈失历千苦,中道身殂倍感伤。
无力回生空泣血,哀歌一曲寄悲怆。

1998年3月

渭源太白山后峡

翠峰叠叠白云深,泻玉流珠奏雅音。
拂绿穿红寻野径,缤纷落蕊满衣襟。

1998年5月13日

首阳山夷齐墓感怀

江山千古总妖娆,人事新朝替旧朝。
男子生当搏雷电,岂能避世绝尘嚣!

1998年5月13日

漳县

满目苍茫皆翠山，潆洄漳水润田园。
天赐盐井喷珠玉，汪帅荒茔证大元①。

1998年5月14日

【注】
① 元朝巩昌等二十四路都便宜总帅汪世显（1195—1243）的家族墓群，位于漳县城关镇。

贵清山

仙境贵清何秀丽，三峰环翠草萋萋。
虹凌绝涧西方景，栈挂碧空天上梯。
幽峡溪飞响声远，危崖松峙压云低。
千般旖旎难吟咏，王宪放歌石上题。

1998年5月15日

贵清山见巨松倾倒

参天大树一朝倾，顿失日前威与荣。
错节盘根何故倒？只因内部蛀虫生！

1998年5月15日

贵清山畔

千峰壁立岫云飞,万壑松衫浓翠滴。
崖畔遇群采蕨仔,少年失学令人戚。

1998年5月15日

皋兰县志审稿会

新志编修汇地情,酸甜苦辣卷中凝。
征文考献游烟海,酌句斟词履薄冰。
冬冒严寒访遗老,夏熬酷暑挑青灯。
十年雕琢成鸿帙,黄钟大吕催振兴。

1998年5月

咏红古

湟水浩河化育成,唐蕃古道接西东。
屯田汉将开边地,逐鹿沙王挽劲弓。
八宝盈藏增国力,三河汇注济民丰。
闻名中外冶金谷,猎猎旌旗歌大风。

1998年5月

积石山二题

吹麻滩

吹麻滩上洒春阳，麦菽青青油菜黄。
昔日农田搞基建，赢来今日好风光。

大河家

甘青边境大河家，激浪曾浮博望槎。
飞架一桥通绝堑，车流滚滚走天涯。

1998年6月21日

甘南道上

轻车一路画中行，漫漫高原岭岭青。
点点牧包增野趣，翩翩藏女唱康宁。
牛羊布阵逐鲜草，龙马嘶风追疾星。
梵刹传来歌乐响，虔诚僧俗夏宣经①。

1998年6月25日

【注】
① 夏经：每年夏日（农历六月十三日至七月三十日），藏族喇嘛集中念经，祈祷神佛保佑免遭灾害，获得丰收。

玛曲

黄河第一湾，曲岸挽狂澜。
水绿青山绕，天高草甸宽。
鱼腾三宝玛①，畜壮六金滩②。
各族民安业，和衷舞凤鸾。

1998年6月26日

【注】
① 三宝玛：指齐哈玛乡、曼日玛乡、采日玛乡。
② 六金滩：即堪木多滩、俄后滩、文保滩、乔科滩、德务滩、卓格尼玛滩。

迭部舟曲公路叹并赠金刚师傅

坡陡路凹三米宽，迭舟崎道走车难。
左边峭壁遏飞雾，右侧深渊滚急湍。
逢会临空方可错，遇弯触崿始旋盘。
多亏师傅功夫好，险险经过尚胆寒。

1998年6月27日

武都文县道上

朝辞武郡走阴平，千嶂插天横复纵。
霭霭绿云飞彩凤，滔滔白浪跃银龙。
稻花江畔清芬淡，椒果田头香气浓。
世事沧桑惊巨变，眼前风物展新容。

1998年6月29日

过小尼庵

寂寂庵堂隐野坳，青灯鱼鼓款声敲。
世间有甚烦心事，忍把情缘一旦抛！

1998年7月

九寨沟

五光十色太奇丽，百态千姿人尽迷。
玉泻华滩飞浪急，影悬镜海映山低。
群湖绚彩铺新锦，叠瀑晶莹漫翠堤。
满目缤纷童话界，如真似幻醉醐醍。

1998年7月1日

文县

陇上江南百媚生,甘川锁钥紫云蒸。
千峰万壑蕴珍宝,八水两江藏电能。
人博古今通达变,地兼南北市场兴。
火红岁月峥嵘路,万里扶摇腾大鹏。

1998年7月2日

黄龙

清幽奇幻如仙境,水色山光交互融。
青岭翠流横碧野,黄龙玉溅映苍穹。
静波化作五花海,飞瀑生成双霓虹。
何可请来孙大圣,化移此景遍寰中。

1998年7月2日

金沙峡即兴(二首)

(一)

秀比峨黄飞翡葱,绿茵浅绣杜鹃红。
情融银帐催金盏,藏女歌甜翩若鸿。

（二）

溪水淙淙逐浪花，山奇林茂裹轻纱。
陶陶野趣驱尘俗，闲听拉伊话藏家①。

1998年8月1日

【注】
① 拉伊：藏语译音，意为"山歌"。

朱岔峡口占

山水交融景色幽，万花烂漫鸟啁啾。
青峰靓丽百千态，疑入武陵源里游。

1998年8月9日

金秋八零三九部队战友聚会

金秋相聚夏官营，追忆当年那段情。
促膝融融说风雨，倾心切切话人生。
烟霞笑傲当潇洒，天命欣知厌利名。
逝去年华何必悔，前瞻报国效精诚。

1998年10月2日

波恩印象

细雨霏霏景色新,祥和静谧洁无尘。
低低楼阙高高树,密密花坪少少人。
激荡莱河滋沃野,悠扬贝曲入洪钧。
莫忘两战血飘杵,纳粹阴魂狂吠猖。

1998年12月12日

德国街头二战老兵

残干断肢路边栖,乞怜苟活形神罷。
战争之剑有双锋,既害他人也伤己。

1998年12月12日

荷兰

茫茫绿色连天上,举国无边大草场。
昔日殖民安足训?造田填海可弘扬。

1998年12月12日

阿姆斯特丹红灯区

闪烁红灯夜初上，袒胸露腿倚橱窗。
放开性事兽何异？莫学西方这一桩！

1998年12月13日

布鲁塞尔

欧洲情调异邦风，走巷穿街访尿童①。
夜景迷人失归路，五光十色闪霓虹。

1998年12月14日

【注】

① 尿童：传说14世纪时，小于连用一泡尿浇灭了侵略军正在燃烧的导火线，挽救了布鲁塞尔古城。其青铜雕像在布鲁塞尔中心广场附近。

卢森堡

内陆幽幽翠岭低，地当小县一丸泥。
国家富足民安乐，经验成功亦可稽！

1998年12月14日

法国北部

丘陵互接连，处处草芊芊。
鸟雀飞安乐，麋麋步坦然。
红墙环绿树，小镇袅轻烟。
车骋三时整，未逢农力田。

1998年12月15日

巴黎圣母院（二首）

（一）

膜拜虔诚情意真，胸划十字祷天神。
可怜圣母院前侧，犹有惨悲行乞人。

（二）

圣母院前花似锦，金声激荡震洪钧。
万能天主无情物，不佑敲钟善美人[①]。

1998年12月16日

【注】
① 敲钟人：电影《巴黎圣母院》中敲钟人卡西莫多。

卢浮宫

艺林宝殿萃精华,奥博瑰奇举世夸。
笑嘲爱丽舍宫主,多少原来出自家?

1998年12月17日

意大利行吟(古风)

毛雨飘霏霏,造访意大利。
罗马艺术都,胜迹处处丽。
血腥斗兽场,悲惨众奴隶。
废墟元老院,辉煌凯撒帝。
神秘万神庙,顶光九天际。
路逢假警官,拦车声色厉。
借口查护照,乘机偷美币。
同行两三个,被盗心犹悸。
听说黑手党,残忍杀大吏。
频见观光客,兽皮购精细。

1998年12月21日

威尼斯印象

水邑风光美，瑰奇难尽传。
楼台浮海上，波浪拍门边。
百道纵横绕，千桥前后连。
窄行小舢舨，宽走大轮船。
彩鸽广场戏，银鸥近岸旋。
匆匆未遍睹，再至待何年？

1998年12月23日

奥地利

皎皎比斯山，蓝蓝多瑙河。
车船行急疾，鸥鹭舞祥和。
乐邑维耶纳，施家妙曲多。
恰逢过圣诞，举国唱欢歌。

1998年12月25日

起母遗骨与父合葬

呼啸北风侵斩凉，黄泉之下找亲娘。
稚时难记慈闱面，一见遗骸泪若滂。

1999年1月8日

元日怀亲人

火树银花一岁除，世间欢笑冥间哭。
亲人可叹在何居？黑蝶漫天风肃肃。

1999年2月16日

读史

沧海化田桑，悠悠岁月长。
高文书典册，大乐合宫商。
笑看尘寰客，逐追名利场。
几多英杰泪，无奈付残阳。

1999年2月

南郭寺

秦州南郭寺，灵异树奇生。
古柏中分卧，新株下力擎。
青槐蟠角宿，茅灌竖梁楹。
宝地多华物，天然妙趣成。

1999年5月3日

郊游

群山如画沐春晖,朋辈踏青欣忘归。
终日蜗庐钻抵角,何如坰野马蹄飞!

1999年5月9日

感事

红尘万丈冲牛斗,口甚奢靡百姓愁。
超档娱场如栉立,豪华车轿汇洪流。
款爷斗富夸荣耀,公仆挥金不耻羞。
节俭勤劳可兴国,侈邪逸豫会倾舟!

1999年7月

秋登长城

似诗似画势峥嵘,枫叶如丹山自横。
稚堞绵延连万里,中华今古爱和平。

1999年9月24日

毛主席纪念堂

满怀崇敬睹遗颜,如海人潮自肃然。
莫道太阳多黑子,光芒永远照尘寰。

1999年10月18日

石佛沟秋兴

疑入香山境,又如岳麓峰。
幽沟青黛叠,高峤白云封。
林静无尘事,岩灵有佛踪。
鸟声鸣万啭,秋色蔚千重。
饮绿怡心乐,观涛醉意浓。
郊坰名胜地,悔晚睹芳容。

1999年10月26日

过西大河水库质疑"再造一个河西"

融雪潴成百丈渊,润滋万顷美田园。
敢询再造河西者,可有垦荒新水源?

2000年2月

兰州碑林

杰阁环廊映北冈,煌煌石刻汇琳琅。
联铭诗赋飞神韵,正草篆隶飘墨香。
光耀地天真学问,芳流今古大文章。
江山锦绣添名胜,塔影河声赞盛昌。

2000年8月

陈芳茶馆

外国咖啡中国茶,杯中之物涵天涯。
闲余自酌得佳句,兴会品评昕管笳。

2000年8月9日

黄羊河农场

荒漠走黄羊,沙尘蔽日扬。
忠心开拓者,热血垦边疆。
麦黍翻青浪,葡萄泛紫光。
大猷逢盛世,再度创辉煌。

2000年8月18日

武威

汉家振旅辟蒿莱,武郡雄居西北隈。
荟萃人文先圣庙,横空天马古雷台。
重重绿霭青纱帐,闪闪银光白雪堆。
朱艳商旗街市满,千般旖旎煦风来。

2000年8月20日

装甲兵十二师

月明日丽甲衣寒,威武之师戍塞关。
滚滚铁流摧敌胆,咚咚战鼓震天山。
卫疆壮志别家去,报国甘心裹革还。
万里长城万年固,旌旗猎猎耀瀛寰。

2000年9月

西江月·贪官

大肚高若山岗,满装美酒羔羊。日观旖旎好风光,夜宿娇娘香帐。　岂问黎民死活,管他田野荒凉。贪赃纳贿忒疯狂,可恨天良尽丧。

2000年10月

报载胡长清成克杰伏诛

法场正义响枪声,杀罢贼胡诛贼成。
反腐惩贪须重典,警钟暮鼓应长鸣。

2000年10月6日

则岔石林

为崩群峰态万千,神工妙造自天然。
虎临涧水惊回首,熊戏林坪喜举肩。
参佛老僧行踽踽,待笄玉女静娟娟。
高原雪早空山寂,素裹翠妆增姣妍。

2000年10月19日

秋登松鸣岩

阵阵林涛过,秋枫片片彤。
临空悬古寺,倚壁挺奇松。
阁影横青汉,花儿漫碧峰。
兴高登绝顶,梵界撞洪钟。

2000年10月20日

看琼瑶电视剧（今韵）

不事营生不劳动，追逐终日只为情。
人间烟火何须啖？只喝东南西北风。

2001年1月

答杨应详先生春节寄语

君赠双章祝颂诗，隆情厚谊我心知。
归耕南国观沧海，致仕小斋敲丽词。
莫虑浊风弥世界，休伤污吏刮民脂。
宜当尽享桑榆乐，喜沐春阳共举卮。

2001年1月26日

法轮功

江湖骗术法轮功，欺世害民多丑行。
狂语妖言污社会，邪说歪理惑苍生。
大圆满掩大凶恶，真善忍藏真厉狞。
三界本无神佛道，尊崇科学尚文明。

2001年3月5日

由张掖赴嘉峪关道上口占

暮辞张掖访雄关,戈壁苍茫落日圆。
古道轻车三百里,笑谈上下五千年。

2001年4月

过瓜州

瓜美甘甜如大斗,谁人不晓古瓜州?
迢遥丝路通欧亚,清澈疏河绕碧畴。
清帝惩贪剥皮鼓,榆林藏宝取经猴。
莫言风库风沙急,桥子牛肥粮岁收。

2001年4月25日

再到泾川忆昔

风华正茂下泾川,弹指一挥三十年。
嘉果芃芃枝匍地,碧波涣涣柳含烟。
瑶池宫里拜王母,罗汉洞中参宝莲。
罐罐馍香长面细,尝过再去浴温泉。

2001年5月

再到和平镇忆昔

和平再访忆当年，滚滚思潮绪万千。
图国富强偏窘困，欲民幸福却颠连。
凿渠引灌黄河水，秉炬兴修大寨田。
特别时期荒谬事，花园抨错自心愆①。

2001年5月4日

【注】

① 1975～1976年，参加中共甘肃省委工作队，驻榆中县和平公社，曾受命起草批判"苏家花园"之调查报告，至今心甚负疚焉。

读鲁言诗集

弱水微澜漾漾光，祁连浩气曲悠扬。
丛丛绿竹显清丽，点点红梅发淡香。
敬业修身为德美，爱妻怜子亦情长。
倾心陇上都江堰，钜制两吟传锦章①。

2001年6月

【注】

① 引大通河济秦王川水利工程被誉为"陇上都江堰"。鲁言（焦多福）曾主编《水龙吟》《大通吟》两部诗词集颂扬这一工程。

苦水玫瑰

十里玫园齐吐芳，嫣红姹紫向春阳。
金花秀色蝶蜂舞，香彻六洲三大洋。

2001年6月22日

萱帽山李佛

自号无情却有情，疯癫和尚实灵明。
馨香俎豆众黎爱，全在生前多善行。

2001年6月22日

永登青龙山钟鼓楼

钟鼓钧天响，龙腾偕凤翔。
文明参日月，玉律协阴阳。
雷动惊霄汉，韶兴降吉祥。
年年歌大有，福祉永无疆。

2001年6月22日

吐鲁沟口占（四首）

天眼

青峰峭劣势峥嵘，天目圆圆察世情。
可惜仅睁眸一只，岂知处处有邪行！

神笔峰

吐鲁沟中多美景，马良来此写真容。
千张万幅画难尽，遗管化为神笔峰。

半月潭

清溪幽谷汇成渊，印月沉云映秀山。
情侣池边双照影，枝头梳羽鸟关关。

瀑布

陶陶奇趣满幽峡，叠瀑飞扬下赤崖。
一幅浑成山水画，游人击掌乐无涯。

2001年6月22日

行香子·吐鲁沟

吐鲁沟中，郁郁葱葱。秀峦叠，峭壁凌空。万千气象，造化神工。看丹崖瀑，西天佛，骆驼峰。　　人间仙境，奇趣无穷。赏心处，琴韵淙淙。鹿鸣鸟语，卧虎藏龙。有武陵幽，华岳险，泰山雄。

2001年6月22日

妙因寺

碧瓦飞檐美奂轮，砖雕壁画数奇珍。
本生故事传真谛，成始成终证妙因。

2001年6月23日

秦王川

银河落地自天堂，吐绿黄沙着靓装。
苦甲陇中成往事，黑川烂漫稻花香[①]。

2001年6月24日

【注】
① 黑川，即秦王川别名。

兰州气象学校校庆

育李配桃五十年，万花怒放比娇妍。
观地测天调风雨，高挂云帆勇向前。

2001年9月20日

昆明大观楼

大观楼旁睹大观，浩渺烟波接昊天。
赏山赏水赏云影，心仪孙氏品长联。

2001年10月

息烽集中营

凭吊英灵访息烽，犹然血雨挟腥风。
粉身碎骨为真理，浩气丹心鬼亦雄。

2001年10月19日

游织金洞

人间第一洞,奇景妙无穷。
地下岩溶富,天然艺术丰。
秀姿疑鬼斧,精巧夺神工。
望月蟾蜍活,迎宾狮子雄。
塔林光灿灿,铁岭雾蒙蒙。
幻秘灵霄殿,深幽银雨宫。
豪华金帐幕,绮丽玉帘栊。
说法如来佛,相于福寿翁。
皑皑飘北雪,煦煦漾南风。
仙境琅嬛府,如诗如梦中。

2001年10月21日

游昆明世博园

荟萃英华聚一园,奇花瑶草正斑斓。
行来却觉环球小,半日酣游万国还。

2001年11月

德阳即兴

人间天府地,富庶米鱼乡。
神异玄珠井,精工艺术墙。
灵光昭智慧,生命奏华章。
访古蚕丛国,兴高说蜀王。

2001年11月21日

都江堰(二首)

(一)

飞横一堰大江中,分水兴农镇孽龙。
六字八言千古谚①,赫然摩在玉山峰。

(二)

飞溅银波出宝瓶,声声蛙鼓稻香腾。
锦城富庶甲天下,万代蜀人怀李冰。

2001年11月22日

【注】
① 六字八言:六字经为"深掏滩、低作堰";八字真言为"遇弯截角,逢正抽心。"

冬日陇上

初冬过陇乡，满目尽灰黄。
重叠残梁秃，纵横乱壑荒。
天干空寂落，风劲土飞扬。
人一吾当十，克难奔小康。

2001年12月

玉门颂

边城古塞漾春风，丝路明珠飞彩虹。
嘉菽绿洲花海阔，瑞云白雪玉山雄。
石油基地开宏业，英杰精神耀昊穹。
新纪勘知新矿藏，辉煌再铸更兴隆。

2001年12月

咏龙

伟哉中国龙，腾跃傲寰中，
行地为江海，巡天化蜥蜴。
泱泱盈紫气，矫矫挟雄风，
奋发与时进，神州向大同。

2002年2月15日

寻访南石窟寺

桃花初绽柳花轻,寻访佛踪泾岸行。
若不做桩功德事,谁人还记晋奚卿①!

2002年4月20日

【注】
① 南石窟寺为北魏泾州刺史奚康生创建。

阳春过华家岭

桃花灼灼梨花白,片片娇妍染岭隈。
长抓造林和种草,春风定可唤回来!

2002年4月18日

山丹吟草(十二首)

山丹大佛寺

瞭高山畔名禅刹,熠熠金光坐释迦。
世事清和逢盛会,香车宝马竞繁华。

山丹佛山文化节遇雨

夏雨雨人濡佛山,斑斓万伞百花园。
胡腾儿跳胡腾舞,阵阵歌声动陇原。

艾黎捐赠文物陈列馆

金石陶瓷件件奇,艾君捐宝五千余。
世间果有真情在,国际精神信不虚。

山丹培黎学校

艾公创办入甘来,为国精诚育俊才。
手脑兼施工又读①,芬芳桃李满天开。

2002年7月

【注】
① 路易·艾黎提出培校的办学方针为"手脑并用,创造分析"。

山丹军马场（二首）

（一）

天蓝云白远山横，彻地黄花牧草青。
一片太平安乐景，犹听战马鼓鼙鸣。

（二）

祁岭巍巍御劲风，无边芳绿艳阳红。
萧萧骏马挟雷电，咩咩绵羊隐草丛。

祁连山窟窿峡

蓝天似盖罩穹窿，幽峡如环匝碧峰。
鼓翼金雕旋上下，欢流溪水奏叮咚。

窟窿峡将军石

远随骠骑战祁连，守塞筹边未肯还。
美景难排思故土，峰巅伫立望乡关。

焉支胜景

松柏重重凝碧海,胭脂簇簇灿红霞①。
焉支盛景如图画,游客留连乐忘家。

【注】
① 焉支山,又名"燕支山",因出产燕支花而得名。燕支花又称红蓝花。用其花瓣制成妇女化妆用品,称作胭脂,便又叫作"胭脂花"。焉支山又称"胭脂山"。

山丹南湖即兴

杨柳青青涵碧水,粼波漾漾浥林薮。
谁家三五顽皮子,斜倚栏杆钓锦鳞。

山丹新河驿登长城

明墙汉堑连烽堠,遥想昔年边事稠。
强盛自当疆土固,城长岂可护金瓯!

雨中吊艾黎——何克陵园

山丹南郭吊英灵,恻恻天公飞泪倾。
寿世何论长与短,益民方不负人生。

再登焉支山

清溪十里响潺潺，导我高登丹岭巅。
万树葳蕤垂嫩果，百花馥郁吐浓妍。
横蟠要道安磐石，突兀青云拄极天。
忽听钟山钟鼓响，声惊林木震祁连。

2002年7月

感事

华盖运交常见鬼，际逢与理每相违。
能游学海曲和直，难说官场是及非。
勤力躬行微有就，疏于人事总遭诽。
玄机到底不曾识，笑看高天云彩飞。

2002年8月26日

贺《广西地方志》创刊二十周年

千红万紫百花园，华诞欣逢二十年。
博学慎思书妙论，探赜索隐著鸿篇。
交流经验细裁夺，切问真知勤究研。
志苑耕耘融碧血，与时俱进促加鞭。

2002年9月8日

嘉峪关望长城

匝地连天势若虹,逶迤万里走骄龙。
首衔渤海迎朝日,尾枕昆仑壮雪峰。
铁壁铜墙遮虏马,坚墩高燧报狼烽。
残垣屹屹跃千古,锦绣江山增丽容。

2002年10月6日

嘉峪关印象

人言戈壁多干旱,处处泱泱百丈潭。
芳草蓼花池畔树,无边旖旎胜江南。

2002年10月6日

明长城第一墩

凭吊长城第一墩,临风绝壁对洪钧。
奔腾讨赖诉前事,长啸高歌民族魂。

2002年10月6日

嘉峪关城头质疑冯胜将军

荡平甘肃建功多，弃守关西却为何？
一去葱峰千万里，亦吾华夏故山河！

2002年10月6日

参观酒钢车间

高新科技化神奇，千米车间百部机。
操作工人只几个，抽丝轧板乱花飞。

2002年10月7日

悬壁长城

悬张铁臂拱雄关，气势峥嵘凌黑山。
喜看碉墙游客织，烽烟永息罢刀环。

2002年10月7日

嘉峪关魏晋墓壁画

缤纷砖画眩人瞳,生动传神魏晋风。
牧猎农桑忙碌碌,庖厨饮宴乐融融。
驻军营帐飘红旆,传信邮差驰骏骢。
艺术之宫无价宝,世间万象在其中。

2002年10月7日

乾圆葡萄园

一道斑斓风景线,葡萄绕架累垂悬。
平衡生态播芳绿,戈壁绘成花果川。

2002年10月7日

游文殊山

盛时曾号小西天,寺观如鳞前后山。
历劫重光初有就,俨然一处好林泉。

2002年10月8日

石关峡

清溪一线响潺潺，铁壁千寻难附攀。
险峡如咽扼丝路，或疑曾是玉门关。

2002年10月8日

游览嘉峪关长城有感

御患秦皇徒筑墙，狼烟滚滚挟刀枪。
雄关崔嵬今犹在，民族雍和国富强。

2002年10月8日

再到酒泉

揽胜肃州行，清和又景明。
远高思古郡，雄丽看新城。
礼佛法幢寺，探幽凉国茔。
欣逢地更市，策马赴前程。

2002年10月8日

西江月·嘉峪关市

天下雄关嘉峪，西陲秀丽新城。悠悠岁月历峥嵘，今古英雄彪炳。　　杨柳行行蓊郁，琼楼座座恢宏。钢花飞舞轧机鸣，蓬勃无边美景。

2002年10月

报载某奸憝被惩处

开眼苍天善恶分，终惩贪鄙某奸人。
搜刮不剩几根草，聚敛何只百万银。
毒手专将贤士害，黑心偏与佞徒亲。
后台老贼力回护，浩荡清风扫腐尘。

2002年11月

山丹大佛

东方第一身，坐佛大惊人。
跏结居高殿，眸慈对幻尘。
释山春到早，僧俗礼参频。
岂道黄泥塑，焉能惠万民？

2003年1月

张掖大佛寺

河西重镇金张掖,禅刹巍峨有盛名。
若寐若醒泥日佛①,亦珍亦宝敕颁经②。
惯看百姓冷和暖,尽历千年枯与荣。
奇趣壁间猪八戒,勤劳勇敢效精诚。

2003年3月26日

【注】

① 泥日佛:佛祖的涅槃塑像,俗称卧佛。涅槃,又译作"泥日"。

② 敕颁经:寺中藏有明英宗颁赐的"永乐北藏"《大明三藏圣教北藏》6321卷。

庆阳怀古

文明高古溯源长,陇上名城说庆阳。
岐伯味尝知草木,公刘穑教务农桑。
营边北地人文萃,播火南梁红旆扬。
喜看粮煤油气盛,和谐发展向康庄。

2003年5月

陇西威远楼

霞光万道映琼楼，紫燕穿梭鸣唧啾。
遥想当年巩昌府，雄蟠陇右砥中流。

2003年6月28日

陇西城北所谓"李家龙宫"戏题

漫步陇西询道翁，何曾在此建龙宫？
原本明修玄武庙，朱冠李戴把人哄！①

2003年6月28日

【注】
① 明燕王朱棣假托自己是玄武大帝下凡，发动"靖难之役"。夺取政权后，下令天下州、县、仓、场遍修玄武庙。万历五年（1577年）在陇西县城北建北极宫（玄武庙）。1981年后，摘掉北极宫名匾，假造为"李家龙宫"。

天水石门印象

陇上小黄山，奇峰插碧天。
浓荫遮石径，古刹拂旌旆。
熊隐兔奔走，翚飞雀跃翩。
林涛风起吼，滚滚动前川。

2003年7月13日

清平乐·榆中行（八阕）

榆中

秦皇开县，历史悠悠远。宝地物华多俊彦，陇上明珠璀璨。　　风流更数今朝，城乡建设如潮。奋发与时俱进，文明步步登高。

2003年7月17日

官磨滩度假村

四围秀巘，翠绕溪旁院。爽气袭人尘俗远，疑入仙家阆苑。　　夜来明月辉清，但闻流水弹筝。一抹晨曦初现，喳喳群鸟和鸣。

2003年7月17日

榆中县自来水调蓄水库

碧泓沵沵，风动涟漪起。浒畔百花争艳丽，一道景观旖旎。　　为民造福排难，家家喜注涓涓。琼液甘甜清冽，谁不饮水思源？

2003年7月18日

庄园乳品

庄园乳品，乳业行中锦。陇产竞争当重任，城乡老少喜饮。 创新敬业多才，精心造就名牌。优质信诚为本，财源滚滚而来。

2003年7月18日

定远蔬菜保鲜库

菜乡定远，地近交通线。调运果蔬存又散，四季源源不断。 保鲜销售冷藏，品全质好期长。做大龙头产业，富民齐走康庄。

2003年7月18日

奇正藏药

精纯奇妙，疗疾多神效。藏药藏医真异宝，藏族文明古老 科研生产兼销，贴敷喷浴剂膏。利用资源优势，创新更起高潮。

2003年7月19日

GYS高科技农业生物园

　　水晶宫殿，温室连成片。保暖施肥喷滴灌，自有微机控管。　　园区四季如春，育苗品种更新。科技兴农示范，带头辐射乡村。

2003年7月19日

榆中钢厂

　　苑河南岸，炉塔凌银汉。炼铁轧钢高速线，经济增长新点。　　质量技术全优，效益又上层楼。推动以工强省，榆钢大展宏猷。

2003年7月19日

临洮即兴

　　秦并二戎开狄道，陇西郡治府临洮。
　　丰隆碑颂怀哥帅[①]，灿烂文明看彩陶。
　　岳麓超然集灵秀，珠河奔涌育英豪[②]。
　　万花斗艳齐争放，赏罢心潮逐浪高。

2003年8月

【注】
① 唐陇右节度使哥舒翰。
② 珠河，即洮河。"洮水流珠"乃临洮八景之一。

吐鲁番

造访神奇吐鲁番,农家院里品新鲜。
火州热浪真如火,世界葡萄第一甜。

2003年8月

哈密一瞥

火车停靠哈城站,如洗长天湛湛蓝。
挺拔白杨柔柳赭,葡萄架架绕棉田。

2003年8月

交河故城

车师前国故王城,风雨千年仍伟宏。
见证汉唐兴废事,任人思古发幽情。

2003年8月

过新疆生产建设兵团

久钦志士戍天山,为国垦荒屯塞边。
汗浇戈壁春风驻,千里嘉禾千里棉。

2003年8月

游苏干湖

轻曳煦风芦荻花，白云苍狗水中斜。
碧湖飞艇劈波碎，曲岸踏青惊鸭麻。
缭绕琴声旋妙舞，畅酣酒意啜香茶。
升平景象康庄路，百族骈骈共一家。

2003年8月

游敦煌雅丹地质公园

传媒体上早闻名，诡秘神奇魔鬼城。
纵览横看惊九魄，仰观俯视眩双睛。
风沙无尽雕精妙，岁月多情造伟宏。
景物天然壮而美，雄浑西部冠寰瀛。

2003年8月31日

参加浏阳谭嗣同殉难105周年公祭（今韵）

维新君子志凌霄，青史巍巍高树标。
国难当头身勇挺，死生之际首甘抛。
丹心耿耿昭天地，铁骨铮铮对佞妖。
痛惋忠贞英烈血，尤憎邪恶刈人刀。

2003年9月14日

参观文家市秋收起义会址有感

湘赣金秋举义旗,高擎千万农奴戟。
燎原星火换新天,幸福永怀毛主席。

2003年9月15日

参观文家市秋收起义纪念馆口占

红旗漫卷斩阎罗,道路艰难险阻多。
国泰民安逢盛世,莫忘先烈血成河。

2003年9月15日

浏阳见处处炮仗厂口占

火药原来华夏造,洋人使用侵天朝。
文明古国多欢庆,炮仗烟花震九霄。

2003年9月16日

浏阳赴长沙路上

农家新院掩幽篁,轻曳稻花风溢香。
闲适青牛嚼鲜草,群群白鸭戏青塘。

2003年9月17日

橘子洲远眺

湘水碧波飞楫舟，少年搏击弄潮头。
沧桑几变毛公逝，依旧中流橘子洲。

2003年9月17日

常德诗墙

文化名城耀文光，十里长堤诗万行。
流韵德山飞雅咏，浩歌沅水诵华章。
艺坛新纪三神品，吟苑环球第一墙。
裕后广前弘教化，千秋功泽永流芳。

2003年9月17日

游常德桃花源

陶令淡泊爱田园，梦想仙乡在世间。
渔父遭逢无所觅，桃源今日遍瀛寰。

2003年9月18日

再过长沙忆昔

少年意气正方遒,假借串联湘省游。
世事癫狂迷万绪,江流汗漫走千舟。
浏阳河畔自吟句,岳麓山隈友破头。
多虑老胡前景误,不该错拆竹梅俦。

2003年9月18日

再游酒泉公园

汉家胜迹酒金泉,如醴甘醇酬地天。
左柳随风婀娜舞①,诗情画意兴陶然。

2003年10月8日

【注】
① 左柳,指左公柳。左宗棠率军收复新疆,一路遍植杨柳。杨昌睿有诗"新栽杨柳三千里,引得春风渡玉关。"

夜光杯

剔透玲珑夜泛光,葡萄常满更生香。
玉杯高举邀明月,一曲新词饮一觞。

2003年10月8日

函谷关鸡鸣台即兴

脱难孟尝驰出秦，鸡鸣狗盗助如神。
千般末技皆能用，多艺从来不压身。

2003年11月

谒淮阳伏羲陵[①]

大哉羲圣耀洪钧，明道开天第一人。
振奋精神弘大道，昌昌龙脉万年春。

2003年11月

【注】

① 伏羲陵：位于今河南省淮阳市郊。淮阳古称宛丘，传为伏羲氏之都。春秋时陵已存，汉代建祠，唐置守陵户，北宋初重修，规定春秋二祀以太牢祭。后又多次增建修葺。陵（庙）区占地500余亩，形成规模宏大的宫殿式建筑群。

崆峒十二景

揽胜崆峒上,幽奇幻两瞳。
凤山飘彩雾,香岭接苍穹。
翠黛笄头叠,春风蜡烛融。
泉喷碧琉璃,桥聚众仙翁。
鹤洞云生紫,丹炉穴映红。
天门攀险柱,针观悟恒功。
月石含珠润,凌虚宝塔雄。
人间何处好?大美数崆峒。

2004年4月

贺省文史馆成立五十周年(二首)

(一)

欣逢高馆庆华诞,岁月峥嵘五十年。
济济人才尊耆宿,累累硕果仰先贤。
钩沉史海稽遗事,畅步艺坛书雅篇。
老骥犹存千里志,弘扬文化再加鞭。

（二）

高馆春盈焕丽姿，翰章荟萃日孜孜。
尊贤人具德才望，崇化艺扬书画诗。
考古训今昭后俊，建言献策协清时。
生机盎盎开新局，催绽红梅花万枝。

2004年6月

登静宁峰台山

夏日峰台纵目眺，陇山陇水竞妖娆。
葫芦河水涛依旧，外底堡城痕已消①。
人物高标思古帝，风姿美奂看今朝。
欣欣万象争繁盛，遍地氤氲起大潮。

2004年7月

【注】
① 静宁县城旧时形状似鞋底的外沿，因以得名。

普陀山印象

海上仙乡无屑尘，如潮香客拜观音。
满山梵刹绕祥雾，盈耳呗歌遮秀林。
紫竹金沙含佛性，丹岩白浪具禅心。
俗依觉者惜难悟，小二店家尚骗金。

2004年10月20日

九华山即兴

九华圣境佛之乡，大愿幽冥地藏王。
常道浮图始西土，当知金觉出东方[①]。
神光岭拜肉身塔，龙女泉瞻太白堂。
文化自然奇秀特，千峰百殿溢清芳。

2004年10月26日

【注】

① 金乔觉（696—794）新罗（今朝鲜）王子。唐时到九华山苦心修行75载，99岁圆寂，肉身不腐，被视为地藏菩萨化身，俗称"金地藏"。

游黄山

登临惊叹秀兼雄，拜罢人宗访佛踪[①]。
无海浮云堪作海，多峰怪石亦为峰。
柱擎苍昊势危急，松挺悬崖意从容。
百态千姿看不尽，青埂饱赏卧葱茏。

2004年10月28日

【注】

① 传说轩辕皇帝在黄山采药炼丹得道升天，山上诸多名胜因此得名。另有翠微寺、云谷寺等佛寺。

游龙隐寺[1]

山势崔嵬草木荣，殿新难掩旧时容。
洞深曾隐唐天子，景丽常留佛道踪。
泾渎飘飘失澎湃，平城历历焕丰雍。
临池掬饮灵湫水，纵说古今听晚钟。

2004年11月

【注】
① 龙隐寺位于甘肃省平凉市郊泾河北岸半山之上。

修建兰州龙源感怀

奔劳三年小有成，崇功报德颂龙旌。
喜看国势蒸蒸起，长吟九天催振兴。

2004年11月28日

龙源观黄河

洪波不息永朝东，拍岸惊涛激吼声。
九曲龙腾三万里，化生华夏古文明。

2004年11月28日

六十感怀

短短人生几十载,几番沧海变桑田。
无成一事惊时逝,转瞬已过花甲年。

2005年2月28日

兰州黄河南道

黄河南道绕长湾,化育芳洲十八滩。
果硕蔬鲜横雁阵,柳柔草茂溢花丹。
一朝壅塞失波浪,满汩渫污多癞瘢。
呼唤浚通滂沛水,再呈旖旎万民欢。

2005年4月15日

遮阳山

醉赏遮阳山景倩,清奇婉丽众峰连。
林林怪石齐争秀,灿灿芳花各逞妍。
玉笋神龟迷客眼,甘泉湍濑和心弦。
最为险峻情狂处,攀索高登一线天。

2005年4月30日

登玛雅雪山并赏天池

峥嵘岈崿摩天穹，鳞甲飞动走玉龙。
信步悠悠摘云朵，醉心叠叠赏冰峰。
瞬间即历雪风雨，倏忽遍经春夏冬。
尤美山巅双海子，兴高池畔觅仙踪。

2005年7月

九州台上看两山绿化成果

九州台上久徘徊，四面青山排闼来。
可知亿万芳蕤树，竟是人工劬力栽！

2005年7月9日

白野沟绿化点口占

群山叠叠一望葱，谁信当年濯濯童？
观景台边欣赏罢，林荫小坐看飞红。

2005年7月9日

柳梢青·兰州南山

才沐甘霖，青山如洗，林木森森。万壑千梁，娇花嫩草，浥浥香侵。　　赏心慢上高岑。云生处，苔阶润浸。轻霭流光，松杉送爽，快意高吟。

2005年7月9日

赞兰州两山绿化人

可爱兰州绿化人，两山播绿献终身。
背冰抬雪多艰苦，汗滴浇来处处春。

2005年7月10日

文溯阁四库全书馆前口占

都骂秦皇竟焚书，可知清帝倍过之？
一自开馆修四库，中华哪里有全书？

2005年7月15日

徐家山耀邦林

造林植树富三陇，亲寄籽种无限情。
绿漫两山生秀色，万千百姓忆英灵。

2005年7月15日

朱镕基总理亲植柏

葳蕤翠柏溢清香，总理手栽如斾扬。
两度登临亲擘画，荒山披绿焕新装。

2005年7月15日

兰山外贸绿化场

皋兰屹屹耸云端，峰顶缤纷开牡丹。
昔道全山榆一棵，今看花木满千峦。

2005年7月18日

中川生态园林园

倒虹吸水蓄清塘，沙碛平湖漾漾光。
生态兴园苗木盛，黑沟漫绿亦仙乡。

2005年7月21日

大沙沟干山"三水"造林①

干山种树创奇迹，积雨保墒充水肥。
漫步云端梁峁上，黄花绿叶正芳菲。

2005年7月25日

【注】
① 三水为集水、保水、补水，是兰州两山绿化创造的干山造林技术。

兰州军区大沙沟绿化区

荒沟秃岭焕新姿，绿树繁花飞锦雉。
军地共描千嶂翠，满山蓬勃满山诗。

2005年7月25日

登玛雅雪山（二首）

（一）

寒光飞泻宝剑锋，巉崟嵚崎叠复重。
健步攀登凌绝顶，老夫敢做入云龙！

（二）

雪山顶上叩天庭，雷鼓隆隆壮我行。
撕片白云揩把汗，坐看苍狗幻狮鲸。

2005年7月28日

景泰黄河石林（二首）

（一）

忘情山水趁当时，快意野游几相知。
赏罢石林天上景，河边小坐咏新诗。

（二）

造物开天育大观，石林绿岛各争妍。
双龙融合水谐火，奥妙惊叹大自然。

2005年8月4日

黄河石林饮马大峡谷（二首）

（一）

饮马沟中半日游，驴车得得信悠悠。
神雕鬼凿惊天力，倾倒骚人歌放喉。

（二）

千峰列戟比高低，移步景新双眼迷。
野幻旷空奇险峻，北雄南秀识天倪。

2005年8月4日

龙湾绿洲

阡陌纵横河一湾，新黍飘香枣着丹。
贪恋田园闲美景，农家小阁倚栏杆。

2005年8月4日

游地湾景区

凸岸曲流风物优,绿洲勃勃映沙丘。
清凉寺里拈香罢,漫步河滩拣石头。

2005年8月5日

兰州两山绿化成果有感

曾道兰山榆一棵,喜今绿韵舞婆娑。
藏幽万壑云兴雨,笼翠千峰风引波。
若不年年栽草木,岂闻处处踏青歌?
改良生态美环境,天地与人谐亦和。

2005年8月6日

彭家坪绿化上水工程

长鲸吞吐大扬程,汨汨清波上旱坪。
千沟万壑碧云起,荒山绿化水先行。

2005年8月6日

柳梢青·兰州北山

如画北岑，晴岚轻绕，翠黛深深。三五诗朋，踏歌击节，拾级登临。　　满山玉树幽林。人到处，芳菲漫浸。绿沁人心，红沾衣衽，好鸟传音。

2005年9月16日

西江月·兰州两山绿化上水工程

水是造林生命，曾经抬雪背冰。勇牵龙伯上高崚，滋育芳林茂盛。　　管网纵延横亘，到申再返南京。献身绿化总关情，改善兰州环境。

2005年10月3日

清平乐·永登中川机场造林

荒丘土岗，郁郁起林莽。小树当儿精抓养，心血凝成碧浪。　　山杏侧柏樗材，云杉沙枣刺槐。放眼葱茏一片，莲花转下春来。

2005年10月6日

踏莎行·兰州北山电信林场

浓叶遮荫，繁花放萼，喳喳戏闹栖群雀。累累硕果垂坡头，芊芊青草生沟壑。　　翠掩亭台，云萦楼阁，清新爽气涮心浊。带烟飞瀑落溪流，幽幽芳径游人乐。

2005年10月7日

浣溪沙·兰空绿化基地

针阔灌乔藤蔓萝，层峦尽染绿生波，菲菲爽气舞婆娑。　　数载育林千万棵，狐奔兔走鸟唱歌，天人地物向谐和。

2005年10月8日

读史有感兰州生态变化

史载明前南北山，茂林荫翳草芊芊。
晴天万树排高浪，雨日千峰裹冷烟。
斧锯逞狂青岭秃，旱魔肆虐黑风旋。
改良生态初收效，绿化兰州年复年！

2005年10月21日

吊唐右金吾大将军李钦墓

飘香野卉杂荒蓁,吊古寻踪李将军。
一抔残冢掩忠骨,感念捐躯报国人。

2005年10月

马家窑文化遗址

地台错落布灰坑,见证文明进化程。
拾得画陶调色板,神通万古发幽情。

2005年10月

椒山祠①

怀古高登岳麓山,双忠浩气斗权奸。
铁肩道义轻生死,为国为民志凛然。

2005年10月

【注】
① 椒山祠,明代狄道典史杨继盛的祠堂。杨继盛(1516—1555)字仲芳,号椒山,河北容城人。曾任兵部员外郎,因奏劾奸党被贬狄道(今临洮县)。后又被害。

赞免除农业税

种田自古纳皇粮,岂敢亏延岂敢忘?
国力富强农税免,万民热议破天荒。

2006年1月8日

满江红·续谱

赤日炎炎,思流火,消残暑气。青灯畔,汗牛充栋,帙函如砌。恭录华笺追远逝,遍观史志寻根底。却无端,历历数前因,犹零涕。　修家谱,明缘起,传薪火,儿孙继。更光阴过羽,万山迢递。热血丹心承始祖,青衿白发期佳嗣。愿他年,一鉴解春秋,知更替。

2006年2月

皋兰什川绿洲

西向黄流风色殊,波平浪静育明珠。
半环绿岛谐奇趣,造化天然太极图。

2006年4月20日

皋兰什川梨花

一夜春风花竞开,琼林玉树隐楼台。
无边旖旎说难尽,游客如云纷沓来。

2006年4月20日

春回

病榻困顿三周日,春到悄然浑不知。
晨起推窗参造化,娇花嫩草满高枝。

2006年4月25日

左公柳下感护林难

左柳孑然怀左公,遍栽杨柳引春风。
肃泾一线三千里,今日还余树几丛?

2006年4月26日

夏到若尔盖大草原

旷原平似镜,纵目一望青。
瑶草芃芃嫩,琪花灿灿荣。
男生豪侠气,歌啸快心情。
女作天真状,争吹白绒英①。

2006年6月25日

【注】
① 白绒英:蒲公英花。

再过文县

夏过双白江①,轻舆道悠长。
蔽日摩天岭,连云绿海洋。
遥观好山水,纵说古氐羌。
堤上寻凉坐,新茶品愈香。

2006年6月28日

【注】
① 白龙江、白水江在文县交汇出境。

西江月·森林

　　林是生灵之苑，孕孳物种千千。无林哪有古猴猿？人类最初伊甸。　　制造新鲜空气，蓄涵万道清泉。森林关系地人天，植树福荫永远。

2006年6月30日

再游黄龙

恍然仙境里，心醉久徘徊。
龙自潭中起，凤从天上来。
湍飞鳞甲动，风拂彩翎开。
赏罢山巅雪，再登莲座台。

2006年7月1日

川北趋黄龙道上

晨离川主寺，山险雾中行。
喷薄一轮出，澄明六极清。
远望蓝映雪，近看翠摇英。
漱石溅溅急，欣欣万象荣。

2006年7月1日

纪念长征胜利70周年

谷黄果熟正金秋,远眺登高会师楼。
万里江山流秀色,缅怀先烈放歌讴。

2006年8月

桃花山长征景园

幽径萦回紫气盈,长征园里说长征。
丹崖艳若夭桃色,当是英雄血染成!

2006年8月

登会宁桃花山

峻嶒巉巘若腾龙,雄峙祖河襟陇中。
代代英旄留胜迹,红军一过满山红。

2006年8月

红军会师园将军碑廊

笔走龙蛇镌满廊,将军翰墨溢清香。
长征壮举耀今古,不朽精神永发扬。

2006年8月

桃花山远眺

锦鸡花放草芊芊,绿染桃峰起白烟。
再绘山川新秀美,敢教濯濯碧连天。

2006年8月

由会宁上华家岭

芳草萋萋遮径深,新栽杨柳已成林。
改良生态促经济,天地和谐得众心。

2006年8月

赞会宁教育

崇文重教好传统,博士之乡负盛名[1]。
岂独土含凹凸棒,苦教苦学育精英。

2006年8月

【注】
[1] 自1977年恢复高考至2017年,共有58万人口的会宁县考取博士1100余名,硕士5500多名。

会宁即兴（二首）

（一）

古今形胜地，兵略总谋争。
祖水通河险，桃峰当陇闳。
汉皇停辇驾，元祖舞麾旌。
纪念长征事，振兴歌正声。

（二）

曾历师三会①，城因得会名。
七川河左贯，九岭陇中横。
地产多华物，民风重读耕。
巍巍高塔立，千载纪长征。

2006年8月

【注】

① 会宁战略地位重要，西魏、北周时和中国工农红军长征都曾在此会师。

西江月·会宁

标志长征胜利,三军师会会宁。丰碑高树焕光明,青史煌煌彪炳。　　中外英雄壮举,精神永远继承,振兴华夏又长征,国运蒸蒸昌盛。

2006年8月

某景点遇算命人

掐四援三娓娓陈,摇头晃脑说原因。
半仙倘若真灵验,怎会甘当算命人?

2006年8月

夏过成县

成州风物大瑰丽,凤矗龙翔横翠微。
鸡岫峰奇云渺渺,裴湖荷嫩柳依依。
少陵草舍诗生彩,西峡摩崖书耀辉。
改革创新潮涌动,笑看经济正腾飞。

2006年8月10日

康县阳坝

阳坝美如画,天然氧气吧。
轻岚山上绕,碧水谷中斜。
坡种核桃树,川长蒙顶茶。
幽隈林掩处,恍恍住仙家。

2006年8月11日

文县天池

谁将翡翠镶?瑰异美洋汤。
峰秀围池碧,林葱浮气芳。
清澄印山色,洁净漾霞光。
荡筏闻天籁,放歌高举觞。

2006年8月11日

过宕昌

峻岭青天共比高,风光殊俗路迢迢。
依山拾级羌家寨,凌涧危危独木桥。

2006年8月12日

游官鹅沟

陇南又现美仙姝,十里清幽如画图。
万木摇姿花竞蕊,九天叠瀑石溅珠。
宕昌国内寻踪古,羌首洞中探秘殊。
一出深闺惊海宇,心仪丰采动遐思。

2006年8月12日

西江月·哈达铺①

万里长征半路,白龙镇里加油。挥戈北上定良谋,抗击侵华倭寇。　　旌旆铁流漫卷,三军敌忾同仇。夺关越险斩貔貅,破雾曙光初透。

2006年8月12日

【注】
① 哈达铺:又名白龙镇

游武夷山

揽胜武夷山,林泉处处幽。
寻奇探茶洞,攀险上天游。
赫赫大王峻,娇娇玉女羞。
悠悠飘九曲,筏客放歌喉。

2006年8月

武夷山行

夏游武夷山，路遇抬轿人。
鬓角生二毛，年当近六旬。
赤膊着背搭，汗湿如雨淋。
肌瘦面黎黑，喘喘间频呻。
须臾换肩歇，卑辞答询因；
"大儿未娶妻，需花数万银；
小子上大学，年费八千金；
老妻久劳累，羸弱多病身；
薄田少出产，生计无旁门。"
言罢复移步，踜踜上高岑。
悠哉美少妇，对镜理云鬓；
悠哉阔小爷，持机听妙音；
悠哉官太太，闭目养精神；
悠哉胖大款，催快脸生嗔。
仰望峻峰陡，万阶入青云。
斯人影渐没，怅然对洪钧。

2006年8月

清平乐·榜罗镇会议

榜罗镇里，决策宏图起。落脚陕甘根据地，战略转移胜利。　　为除国难民悬，踏过万水千山。闪闪红星照耀，熊熊烈火燎原。

2006年9月

再过成县感杜甫遭遇

曾寓茅茨栖病身，饥寒交迫苦呻吟。
七歌泣血凄怆泪，羞煞成州佳主人①。

2006年10月14日

【注】

① 唐肃宗乾元二年（759年），漂泊秦州的杜甫接到同谷县（今甘肃成县）"佳主人"邀请，举家艰苦跋涉到了同谷，那位"佳主人"却避而不见。杜甫全家断粮断炊，饥寒交迫，经历了其人生中最艰难、最困苦的时日。《乾元中寓居同谷作歌七首》，世称《同谷七歌》，就是诗人的凄怆哀号和血泪控诉。

过康南

李白曾叹蜀道难，险峰绝壁獶愁攀。
天翻地覆今胜昔，一路轻车越峻峦。

2006年10月15日

白马关

崟岌白马关，峻岭刺青天。
石垒攀山上，木桥横涧悬。
雄姿凌泰华，古道接甘川。
羌笛欢吹曲，悠悠云霓边。

2006年10月15日

清水张川路上

清水四注悬，陇首翠飞丹。
东谷生黄帝，西江崩大汗[①]。
温汤汤汩汩，古道道盘盘。
非子知何处[②]？千年指一弹。

2006年10月17日

【注】
① 公元1227年7月12日，成吉思汗病殁于清水西江行宫。
② 非子，秦先祖。善养马。周孝王（前891—前886）"使主马于汧渭之间""邑之秦"，即今甘肃张家川、清水一带。

再到秦安

锦绣秦安县，果园遮岫川。
椒丛蓁野坳，桃圃遍河堧。
瓜白香而脆，梨黄嫩且鲜。
重峦含复水，丹流翠飞烟。

2006年10月18日

海南六章

海口万绿园

芳草葳蕤泛绿波,椰风椰树竞婆娑。
无冬南国多旖旎,满苑莺筝满苑歌。

2007年1月15日

海口西海岸

海水蓝蓝天亦蓝,小风也带两分咸。
携孙捉得长毛蟹,伫立礁头观白帆。

2007年1月18日

过分水岭

奥妙神奇大自然,一岭间开两样天。
麓北时时透寒意,山南烈日正炎炎。

2007年1月28日

三亚大东海海滩

金沙滩上客如潮，风拂波兴逐浪高。
孙学游鱼浮海水，爷爷岸侧垒沙碉。

2007年1月30日

三亚海滩夜坐

阵阵涛声风拂拂，灯光点点有如无。
礁头静坐闻天籁，抛却浮生荣与枯。

2007年2月5日

海口观海

碧波帆影连天际，闲步滩头不忍归。
垂钓礁头坐翁静，弄潮浪里戏儿肥。

2007年2月9日

春游什川

三月嫩春花草鲜，夹河一带柳生烟。
宜人小雨新晴后，闲坐田塍听杜鹃。

2007年4月19日

什川梨花（五首）

（一）

莹润冰肌淡淡妆，嫣然意态向春阳。
忽来一阵梨花雨，玉屑入泥尘亦香。

（二）

春日芳菲满什川，桃红梨白各争妍。
万株新蕊流神韵，蝶舞蜂狂仕女翩。

（三）

淡妆素面秀姿容，娴雅琼英袅袅风。
不胜娇羞含露放，天生丽质眩人瞳。

（四）

初霁小零游什川，梨花带雨惹人怜。
留连雪海情难禁，浅唱低吟玉树前。

（五）

虬柯竞发万枝春，玉质天姿最可人。
一派生机芳气爽，百年梨树正欣欣。

2007年4月19日

王家坪绿博园展览馆竣工

王气蒸蒸春意浓，四围青嶂走游龙。
大鹏展翅扶摇起，直上长天九万重。

2007年5月5日

过灵台什字塬

挥镰昔日汗如雨，今见满塬收割机。
麦浪无边倾刻罢，金黄颗粒大而肥。

2007年5月5日

崇信龙泉寺

幽奇冠陇东，地脉接崆峒。
虎啸摇青汉，龙吟起彩虹。
公刘教稼穑，元谅驻征骢[1]。
芮鞠晴空丽，氤氲煦煦风。

2007年6月15日

【注】

① 李元谅（732—793），又名骆元光，唐代安息（今伊朗）人。累功官检校尚书左仆射，封武康郡王、右金吾卫上将军，加封陇右节度营田观察、临洮军使，曾驻屯良原（今甘肃灵台）、崇信。

见临洮县假造老子文化遗迹口占

文化辉煌品自高，丰姿绝世马家窑。
何须假造飞升事[1]，徒惹八方人笑嘲。

2007年6月25日

【注】

① 近年来，临洮县将岳麓山上明代超然书院的超然台改名为老子"飞升台"，"椒山祠"改为"伯阳宫"，文峰塔改为"笔峰塔"等。

白塔山远眺

白塔山头望远空，皋兰苍碧亘云中。
黄流叠浪滔滔逝，独对青山夕照红。

2007年7月6日

瞻布达拉宫并游黑龙潭

高耸山巅红白宫，辉天映地势何雄！
黑龙潭水龙为号，藏汉弟兄根脉同。

2007年8月

尼洋河中流砥柱

怒卷狂涛声似吼，巍巍一柱砥中流。
任它雷震千钧力，我自岿然撑地球。

2007年8月

工布江达县新农村

峡谷排排起玉楼，新村如画映人眸。
藏乡实现康庄日，岂必等身长叩头！

2007年8月

过米拉山口入尼洋河谷

高站云端赏雪峰,银光皎洁接苍穹。
一过山口风光异,花海杜鹃似火红。

2007年8月

米拉雪山麓遇叩等身头朝圣人

起伏步挪昏或醒?高山险谷百千程。
长头一路等身叩,心佛万声诚意倾。
舍命舍财求下世,克勤克俭度今生。
何如把握今生福,胜似虚妄寄大乘。

2007年8月

林芝纪游

重峦复水峡幽长,车趋林芝游藏乡。
山势崔嵬称释佛①,河涛汗漫号尼洋②。
传经修密喇嘛岭,遮地撑天柏树王。
雪域天湖把松错,风光殊丽赛天堂。

2007年8月

【注】
① 山上有说法石,形似释佛颂经,因名神佛山。
② 尼洋河,藏语称娘曲。

青藏铁路

天路迢遥天上通，天龙驰电上天穹。
绝峰昆岳茫茫雪，极地江源朔朔风。
冻土飞虹途坦坦，藏羚穿道步匆匆。
一声长笛逻娑到①，万里高原腾鹄鸿。

2007年8月

【注】

① 逻娑，又称"逻些"，拉萨之古称，意为"羊土"。相传拉萨昔为沼泽，文成公主进藏初建大昭寺，以山羊负土填平，因此得名。9世纪改称"拉萨"，意为"圣地"。

青藏高原印象

地球耸起第三极，万里高原何壮巍！
皎皎雪峰天有际，青青草野地无圻。
静波处处平湖碧，长峡条条激浪飞。
上下景分呈五彩，一方净土沐春晖。

2007年8月

鹧鸪天·中秋龙湾

秋节夜休龙景湾，一轮皎皎月儿圆。河边漫步赏清影，古渡滩头乘渡船。　　梨子脆，枣儿甜。农家圆饼大如盘。举杯祝罢团圆酒，拜月庭前听管弦。

2007年9月25日

兰州绿色文化展览馆布展有感

绿色关乎人地天，毁林就是毁家园。
改良生态多栽树，美化兰州秀陇原。

2007年9月28日

无题

昨夜寒霜降，枯黄满地陈。
莫怜芳苊尽，蓄势待来春。

2007年11月6日

梦爷爷

昨夜久思成幻境,归心似箭故乡行。
依稀窑洞壁仍破,真切爷爷年却轻。
侧坐高声索汤面,起身笑脸对亲朋。
欢呼前扑梦惊散,不尽哀情泪满盈。

2008年2月1日

兰州市烟花爆竹禁而不止有感

法颁禁炮十余秋,爆仗年年震塌楼。
满地窜奔钻地鼠,冲天猛炸上天猴。
立规不守岂非纸?抗律而为真叫牛。
禁止令行政永训,倘无威信使人愁。

2008年2月6日

假造华南虎照奇闻(今韵)

物以珍稀值大钱,於菟假造事连连[①]。
陕人照摄新年画,湘省虎出杂技团[②]。
违纪官员谋小利,推波媒体摛奇奸。
世风日下太离谱,不要脸皮只为钱[③]!

2008年3月

【注】

① 於菟：虎的别称。

② 陕西省人周正龙拍照虎年画，伪称发现华南虎，又制成木头虎爪伪造虎迹。湖南省有人将杂技团老虎运至山中放出录相，诈称发现华南虎。

③ 首句、末句都以"钱"字收，意在加重也。

登饮马大峡谷观景台

春日登高乐放怀，大观烟景眼前开。
迢迢丝路逶迤去，浩浩黄河汹涌来。
万壑生岚惊地籁，千峰列戟接天台。
御风神骋八垓外，物我皆空一快哉。

2008年3月29日

清明前龙湾晨起

暗香浮动农家院，桃杏争春比丽妍。
时近清明农事急，声声布谷促扬鞭。

2008年3月29日

龙湾晓晨

晨曦一抹透山巅，袅袅炊烟群雀喧。
学子匆匆读书去，老牛奋步出耕田。

2008年3月30日

永泰古城①

龟城访古踪，残垒势犹雄。
岚起遮松麓，草匍吟漠风。
流光销甲斧，战士化沙虫。
遥想筹边事，回头得失空。

2008年3月30日

【注】
① 永泰古城，创建于明万历三十五年（1607年）。城平面似龟，又称龟城。

浣溪沙·再到皋兰

高峻兰山接昊天，文明灿灿五千年。大河不息奔惊湍。　和煦春风飞两岸，桃红梨白各争妍。日新月异话皋兰。

2008年3月30日

又见开发新区典礼

锣鼓喧天飘彩旗,新区开发又安基。
商家欢笑官家喜,日见粮田红线危①!

2008年4月

【注】
① 据报道,全国耕地面积红线为18亿亩。

兰州龙源八咏

石破天惊

自古神州崇尚龙,横空出世八荒惊。
一声长啸冲天起,大道精魂自在行。

龙字雕塑

日月同辉映碧空,蜗皇柔美太嗥雄。
巍巍功德昭天下,乃圣乃神千代崇。

千龙字碑廊

中华文字妙无穷,千龙腾跃势如虹。
篆隶草真多幻化,灵光灿灿启鸿蒙。

龙图腾浮雕

牛马蛇鱼鳄虎鹰，合融百族化龙腾。
乘时奋进天行健，四海风雷任纵横。

龙生九子

或文或武各专工，龙子种种皆不同。
济济人才争奋进，共襄盛世建丰功。

伏羲女娲功德浮雕

先天卦列肇文明，合地谐天万物情。
结网教畋兴嫁娶，羲娲盛德大而宏。

龙凤呈祥透雕

富贵吉祥双瑞灵，和谐美满福群生。
刚柔相济合天道，凤舞龙飞开太平。

龙文龙诗石刻

高扬龙帜八千年，文赋诗歌颂万篇。
灵动神姿人共仰，腾潜变化永无前。

2008年5月31日

碧波金鳟颂

祁连东段，永登城边。香炉山下，庄浪河湾。
圣水甘冽，药王神泉。微量元素，多种富含。
防疫祛疾，养血护肝；明目健脑，功效远传。
刘大将军，题名挂匾。金鳟银鲑，名贵超凡。
原产北美，溪流山间。性喜洁净，尤爱高寒。
冷水鱼贵，毫无污染。营养极品，肉嫩味鲜。
脑黄金富，食疗双兼；提高智商，抑制血栓；
降压降脂，清洗血管。爱斯基摩，人食此餐，
不生百病，益寿延年。开国总理，出访携还。
珍贵国礼，试养兴安。宋平书记，引来陇原。
祁连冰川，冷水资源，高寒渔业，适宜发展。
碧泊公司，龙头领先，甘肃养鳟，由其发端。
神泉沛沛，波光潋滟，圣鱼落户，如入故渊。
金鳟畅乐，银鲑翩翩。经理何君，青年俊彦，
既具胆识，又具慧眼。带头创业，勇于实践，
精心养殖，育种繁衍。产量日增，品种齐全，
深化加工，重视科研。食品创新，联合攻关，
成果累累，产业拓展。营养神液，亦药亦膳。
冬虫夏草，野参雪莲，丰盛独特，金鳟鱼筵。
鲜活全鱼，瞬间冷眠。胶原蛋白，鱼饺鱼丸，
绿色美食，纯净天然。增强免疫，排毒驻颜。
长期食用，身体康健。水中人参，造福黎元。
再上台阶，敦煌建园，养加研销，一体发展。
示范基地，带动一片，促进经济，效益显现。
千里祁连，冰川雪线，虽润河西，难解干旱。

绿洲缩小，植被锐减，土地沙化，沙尘飞旋。
河湖干涸，荒漠漫延，盐泽悲剧，正在重演。
保护生态，刻不容缓。若改养鳟，独厚条件。
一亩水面，产鳟过万，每亩产值，三十万元。
较之种粮，百倍翻番，增收致富，道路广宽。
水可节约，利用循环。退耕还草，生态改善。
生产方式，根本改变。双效双赢，百姓喜欢。
做大做强，前景无限。抓住机遇，规划快干，
千里走廊，连片贯穿。新生产力，大产业链。
和谐社会，再谱新篇。

2008年5月20日

过兰州东方广场红斑马线

人行道上险惊魂，滚滚车流卷浊尘。
伫立半时难得过，竟无一辆让行人。

2008年6月28日

登木梯寺

青嶂对丹崖，潺湲流榜沙。
虚空悬古寺，幽壑蔚芳华。
攀径登云际，拈香拜释迦。
飘然依佛阁，身恍作仙家。

2008年8月

暮游水帘洞石窟

寻幽木林峡,薄暮翠披霞。
佛大摩崖起,栈高缘谷斜。
洞奇遮水幕,峰秀绽莲葩。
许是麻娘异,地灵凝物华[①]。

2008年8月

【注】
① 水帘洞内供奉麻线娘娘,传为大势至菩萨化身。

阳洼山上

青帐连天风煦吹,清香淡淡沁心扉。
田郎挥汗拔蚕豆,妻坐禾堆打手机。

2008年8月14日

吊马福祥墓

世事沧桑岁月悠,荒丘乱草掩公侯。
风云际会今何去?黄土垅中听蚕啾。

2008年8月14日

吊马福禄墓①

芳草萋萋花艳红，寻踪吊古颂英雄。
一抔黄土埋忠骨，保国丹心映昊穹。

2008年8月14日

【注】
① 马福禄（1854—1900）清河州韩集（今甘肃临夏县）人。光绪武进士，简练军记名总兵，率部守卫北京正阳门，英勇抗击八国联军，壮烈殉国。

踏寻枹罕古城

山环水绕势峥嵘，茂稼纵横一望青。
岁月难销千古事，田家豪迈说双城。

2008年8月14日

锁阳城

凭吊古城追汉唐，萧森乱草野茫茫。
垣崇原上能攘虏，矢断沙中曾射狼。
柽柳流丹染丝路，戍人抛骨护岩疆。
乘兴评罢千秋事，白刺蓬丛觅锁阳。

2008年9月

庆阳香包

小小香包大市场,珍奇绚丽汇琳琅。
活灵活现涵天地,美奂美轮流飶芳。
六子闹春祈富贵,三阳开泰兆祺祥。
弘扬优秀俗文化,经济增长更盛昌。

2008年9月

某公退休愁悲萦怀,戏赠诗句

英雄意气各纵横,何必忧愁后半生?
乐水乐山游世界,弄文弄武唱心声。
轻抛烦恼无边事,珍重桑榆一片情。
大道条条天地广,东西南北任君行。

2008年9月24日

再过银川忆昔

称臭当年排第九,灵魂改造又从头。
贺兰山下种蔬麦,荒草滩中牧马牛。
风雪严冬骨侵裂,蠓蚊酷夏血叮流。
重游故地欣时变,奂奂华光尽玉楼。

2008年9月30日

敦煌飞天生态园

西出阳关大漠边，碧湖如月注清泉。
滩头芦荻芃芃萃，沟里葡萄累累悬。
大汉雄军车辘辘，高山冷水鳟翩翩。
风光殊丽求双效，赢得敦煌一片天。

2009年5月1日

莫高窟遇佛诞日

爆竹声声开礼花，喜逢圣节满天霞。
晴沙岭上观红日，千佛洞前朝释迦。

2009年5月2日

敦煌即兴

丝绸古道逦迤长，总凑八方敦又煌①。
城堞蜿蜒连故垒，沙山起伏对斜阳。
两关风物汉唐韵，千窟禅林艺术乡。
大陆桥通通万国，缤纷花雨尽流芳。

2009年5月2日

【注】
① 敦，大也；煌，盛也。

吊李广墓（今韵）

文峰草色新，来拜李将军。
射虎石吞羽，摧锋房丧魂。
身先安汉土，名显上青云。
遑论封侯事，公平百姓心。

2009年5月15日

水阜乡街头所见

鼓子叮咚响不休，说今唱古表恩仇。
好家情动圈中跳，一吼秦腔震塌楼。

2009年5月30日

苦水玫瑰

花海缤纷沐艳阳，飞红流翠溢清芳。
物华绝品扬寰宇，天下玫瑰第一香。

2009年6月

和政即兴（十首）

古郡瑞景

缤纷五彩映轻云，古郡千年景物新。
曲曲花儿惹人醉，政通人睦满芳春。

三河春浪

三河春浪景澄明，秀水秀山香子城。
苍狗白云多变幻，宁羌日日见繁荣。

布谷欢唱

绮丽风光照眼明，黄花青麦小溪清。
声声布谷歌欢啭，惹我满腔乡怨情。

香城晨曲

晓色一痕东透棂，满城响起颂经声。
心香瓣瓣表衷曲，净化灵魂做善行。

新校书声

敞亮堂皇新学宫,书声朗朗蔚文风。
情深父老添砖石,喜骋万千千里骢。

太子神山

神山崴嶂郁青青,传倚扶苏得雅名。
飞瀑流泉千嶂秀,缤纷花树比欣荣。

半山水厂

清泉引上高山岭,饮水工程惠众生。
快意千家得甘露,入心滴滴感深情。

绿野晴岚

绿色无边蔽昊天,青山缕缕绕轻岚。
人夸南国山川秀,和政风光胜国南。

花溪夏宫

南溪澄澈响潺潺,夹岸万花争丽妍。
夕照残阳红似火,争鸣百鸟奏和弦。

再登松岩

老来尚觉脚强健，云路万阶登峭岩。
四望碧霄仙阆近，身心摇曳俱超凡。

2009年6月23日

鹧鸪天·和政古动物化石博物馆

地质时期何浩茫，脊椎动物古家乡。典型化石名寰宇，奥秘探求一片窗。　　三趾马，和政羊，象群铲齿列成行。毛犀真马巨鬣狗，绝世奇珍大富藏。

2009年6月

题河口张氏

金城望族世称扬，创业河湟百份张。
克盛克昌传万代，开来继往奋腾骧。

2009年8月5日

满江红·国庆60周年

飞翠流金，春浩荡，光绚景明。惊巨变，改天旋地，万象争荣。火树银花歌盛世，欢声笑语说升平。合众心、建设两文明，佳气蒸。　　千秋业，前景宏；凌云志，奋攀登。正激扬精选，阔步长征。革故创新增国力，图强致富惠民生。展鲲鹏，直上九重天，华夏兴。

2009年9月18日

机上

俯瞰山河秀丽容，白云飘絮御轻风。
蓦然身入仙乡里，转瞬又回尘世中。

2010年1月1日

咏秦嘉徐淑[①]

诗人伉俪两奇才，新体五言先创开。
爱笃情深尤可颂，人间山伯祝英台。

2010年4月

【注】

① 秦嘉，字士会，东汉汉阳郡平襄（今甘肃通渭）人。徐淑系其同乡、妻子。主要活动于桓帝（147—167），为夫妻诗人，中国五言诗体走向成熟的代表性人物。

通渭口占

历历华川景物新,南屏叠翠秀宜人。
最奇天赐神泉水,紫气蒸蒸四季春。

2010年4月

通渭人家

千年古郡腾氤氲,风雅之乡风雅人。
书画飘香弘教化,家家户户满芳春。

2010年4月

痛悼袁老①(二首)

(一)

洒泪悼袁翁,骚坛折峻峰。
诗文千载诵,今古一炉熔。
咏史关民瘼,讽时警世钟。
人龙留雅范,长相忆音容。

（二）

吟苑陨晨星，哀哀不尽情。
言行多磊落，词赋各专精。
传道培新秀，举旌扬正声。
华章千古在，九域重诗名。

2010年4月29日

【注】
① 袁老：袁第锐（1923—2010），重庆永川人。曾任甘肃省政协常委、甘肃省文史研究馆馆员、甘肃省诗词学会会长、中华诗词学会副会长。

赠郎宗权老

自强思敏眼明亮，竖走直线横写方。
书艺骄骄名陇上，八旬仍是一头狼。

2015年5月1日

避暑

骄阳灿灿播流火，热浪无边滚滚过。
心静如泓家里坐，清凉却比树荫多。

2010年8月1日

舟曲泥石流灾难祭（三首）

（一）

滥垦毁林遭大难，洪流泥石浪狂颠。
痛殇思痛当惊悟，敬地敬天谐自然。

（二）

伐木丁丁百亿方，童童乱圮失容光。
平衡生态争朝夕，再使荒山披绿装。

（三）

咆哮泥石逞凶残，夺命摧城毁故园。
抢险救灾倾国力，人民政府爱黎元。

2010年8月9日

海门叠石桥家纺城

家纺之都叠石桥，千种花色质尤高。
民生大事衣为要，满眼妖娆满眼娇。

2010年8月31日

黄海望远遇雨

远影长天浮浪尖，凭栏遥望蛎蚜山。
风来一片浓云起，海国无边挂玉帘。

2010年8月31日

西江月·长江口

　　江上云开初霁，江流波荡光浮。渔夫扯网撒还收，捞起银鱼半篓。　　漫步湾陬堤岸，陡生无尽闲愁，一声欸乃动葭洲，惊起双鸥携幼。

2010年8月31日

江堤漫步

长堤漫步雨霏霏，撒网渔人网网肥。
遥看江天云破处，金光万道射旸晖。

2010年8月31日

长江口港湾眺望

江波连海海连江，㵗㵗汤汤入大洋。
一队归帆鱼贯入，几只银燕向天翔。

2010年8月31日

滕王阁即兴

临风把酒说沉浮，秋水长天共一楼。
世事纷纷人代谢，江山万古总风流。

2010年9月1日

瑞金路上

小零一路落纷纷，久仰今瞻到瑞金。
感佩英雄红土地，血肥劲草永当吟！

2010年9月3日

法门寺高收停车费戏作

寺观逢时遍宇寰,渡人济世乃空谝。
停车礼佛高收费,僧道原来更爱钱。

2010年10月13日

游普救寺

普救寺中行,寻踪莺与生。
穿堂听梵呗,击石起蛙鸣。
佛地传佳话,人间重爱情。
问声西洛客,曾否负前盟?

2010年10月16日

返乡情思

一路向东归洛阳,痛思亲眷泪盈眶。
爷姑父母今何在?知否孩儿回故乡!

2010年10月17日

庚寅重阳返乡

一年一度又重阳，今日重阳回故乡。
诸事未成吾老矣，家人困苦倍心伤。

2010年10月19日

参观汴京第八届全国菊展

满城岂止带金甲，姹紫嫣红赛百花。
秋雨含沙摇绿蕊，朝云凝露映丹霞。
仙姝瑶草多丰丽，玉女雪姬无点瑕。
傲骨凌霜香袭远，清芬超逸美嘉嘉。

2010年10月18日

参观黄河小浪底水利枢纽工程

千年复见大河清，高坝巍巍锁巨龙。
治患为民功万代，防洪灌溉放光明。

2010年10月19日

豫陕高速频频遇堵

时封时堵路常瘫,高速如同蜀道难。
蠕动竟无龟步快,冲开围困夜阑珊。

2010年10月20日

暮登太白山

薄暮日西偏,寻登太白巅。
绕山盘曲径,缘涧响清泉。
浓雾重重锁,危栈道道连。
行行七峰下,明月照中天。

2010年10月21日

广河即兴

石铜并用说齐家[①],千古悠悠灿灿葩。
最是煌煌夸玉器,文明咄咄现中华。

2010年11月10日

【注】
① 齐家文化,以首先在甘肃省广河县齐家坪发现而得名。

再过广河

扑地人烟桑柘繁，扶苏故事说千年[①]。
春风和煦蒸蒸上，一片氤氲大夏川。

2011年4月

【注】

① 扶苏：秦始皇长子，曾监蒙恬军。传说曾到过广河县城，此地因此得名为"太子寺"，史实则无。"太子"当为西秦政权太子乞伏炽盘。

广河县中南部饮水工程（二首）

（一）

圣山叠翠出清泉，水量丰盈倍冽甜。
汩汩千村万家去，小儿欢叫叟掀髯。

（二）

风磨岭峻接天穹，引得甘泉村社通。
泽惠万家民赞颂，千秋百代著丰功。

2010年11月10日

《龙之吟》首发式口占

龙源溢彩国之中,陇上诗人大写龙。
敬祖崇龙关大道,弘扬龙帜跃高峰。

2010年10月23日

除夕之夜

爆竹烟花响彻天,酒庄处处举家筵。
佳节思亲亲不在,长跪街头烧纸钱!

2011年2月2日

和王国钦《大河之南网络诗会首唱》元玉

大河上下满芳春,万象缤纷日日新。
杨柳垂风沿岸绿,鲲鹏搏翼彻天巡。
炎黄肇始五千载,华夏重兴十亿人。
六合之中兼地利,东西南北竞高邻。

2011年2月15日

附：王国钦《大河之南网络诗会首唱》

寒冬过罢是阳春，雪化冰消杨柳新。
千里催牛耕万户，九天揽月醉三巡。
神通网络秀斑竹，谊结江湖作达人。
莫问桃花何处有，大河两岸尽芳邻。

题《高高太子山》诗歌集

万道金光万仞峰，万山青翠万溪清。
万篇诗赋歌殊胜，万瓣心香未了情。

2011年2月28日

读胡志毅《戍楼望月集》

英才报国赴军戎，武略文韬效勇忠。
戍垒寒霜溶夜月，征尘烈日走骁骢。
常输辎重通边塞，更赋诗词唱大风。
未已壮心争奋进，吟坛高颂战旗红。

2011年3月19日

辛亥百年口占

双十武昌雷电鸣,千年帝制一朝崩。
醒狮一吼惊寰宇,万里神州重振兴!

2011年4月22日

登皋兰山

横空龙虎蟠,婀娜发皋兰[①],
星斗尺寻近,云霓万里宽。
三台飞凤德,九曲起文澜。
伫立天人际,超然即涅槃。

2011年6月16日

【注】
① 皋兰,山花也。一名春兰,鸢尾科。一说皋兰山因此而得名。

北京奥运公园口占

漫步赏巢观立方,北京奥运国增光。
中华崛起终圆梦,百姓欢欣共举觞。

2011年6月18日

辛卯天水公祭伏羲

虔虔怀敬仰，夏日祀羲皇。
雅乐悠悠起，龙旗猎猎扬。
百王传道德，一画判阴阳。
四海传人奋，中华永盛昌。

2011年6月22日

夏过甘谷

华夏县之端①，文光何灿然！
羲皇留圣迹，秦祖纵长鞭。
石伯游齐鲁，姜侯酬蜀川②。
朱山霞晚照，渭水万家烟。

2011年6月22日

【注】
① 秦武公十年（公元前688年）灭冀戎，设冀县（今甘谷县），为中国设县之始。
② 石作蜀，字子明，孔子学生"七十二贤"之一。冀（今甘肃甘谷）人，唐玄宗时封石邑伯（一作郇邑伯）。姜侯，指三国姜维（202—264），字伯约，蜀汉大将军、平襄侯。

再登麦积山石窟

再上散花楼,红飞翠欲流。
凌空登石壁,攀险站云头。
造像叹精妙,风光赏静幽。
南无阿弥佛,只向善中求[①]。

2011年6月23日

【注】
① 佛即善,其实无他,心也。

榆中詹家营杏园

麦熟走榆中,嘉园杏子红。
人潮男携女,笑脸少牵翁。
硕果枝头叠,欢声树下融。
忽生年幼趣,拨草捉蝗虫。

2011年7月16日

与蔡祥麟先生论诗

忘情山水步归迟,摇曳华章生丽姿。
哪个文人无好句?不关民瘼枉吟诗。

2011年7月27日

与祥麟万益兴普诸友游兴隆峡遇雨

声声霹雳暗天光,暑热消藏忽觉凉。
山雨欲来风遽至,草香更伴野花香。

2011年7月27日

偕祥麟万益兴普诸友夜游兴隆山

星光隐隐夜朦胧,淡淡芬芳淡淡风。
击节踏歌超物外,兴隆山畔说兴隆。

2011年7月27日

潜夫山吊王符

虔敬盈怀吊古贤,潜夫山上久盘桓。
煌煌宏论千秋颂,岂必营营争做官?

2011年8月11日

【注】
① 王符(85?—163?),字节信,东汉安定临泾(今甘肃镇原)人。政论家、进步思想家。有《潜夫论》存世。

临洮县获诗词之乡称号三周年

诗乡称誉庆三年，更有歌吟复万千。
厌读跟风浮假句，当关民瘼赋新篇。

2011年9月5日

吊王进宝将军家族坟茔①

寻踪凭吊大将军，无力寒蛰鸣似呻。
蓆茇连天蓬勃长，虎狮满地断残陈。
功勋旌表追三代，世事变迁经几春？
忠勇铁鞭何所去？云舒云卷叹洪钧。

2011年9月22日

【注】

① 王进宝（1626—1685）字显吾。清靖虏卫（今甘肃白银市平川区）人。曾任陕西提督，兼领西宁总兵，授奋威将军。卒，赠太子太保，谥"忠勇"。

通渭怀秦嘉徐淑

牛谷河边祥瑞生,秦徐纪念雅园成。
夫妻共拓五言体,诗史并留千载名。
曲折往还情切切,缠绵悱恻爱盈盈。
嘉行淑德永为范,三陇英才更奋旌。

2011年10月23日

贺陈伯希老九秩华诞

九如福寿世间稀①,五月鲜花正放菲。
春满南山春不老,桑榆红叶彩霞飞。

2011年10月28日

【注】

① 《诗·小雅·天保》:"如山如阜,如冈如陵,如川之方至,以莫不增……如月之恒,如日之升,如南山之寿,不骞不崩,如松柏之茂,无不尔或承。"

致传明

英风豪气蕴才情,岂必惆然自贬轻。
得势款官何足羡,诗章快意度人生!

2011年11月29日

《甘肃农业史话》出版口占

周祖陇原开稼耕，黄河万里育文明。
桑麻菽粟民之本，祁愿年年大有成！

2011年12月10日

戏赠某公

身居物外自称闲，岂料仍为名利牵。
乱涂几行蝌蚪字，欣欣陶醉整三天。

2011年12月18日

冬日兰州污染

尘霾锁金城，官民个个惊。
兰山没形影，白塔失峥嵘。
烟冒千卤黑，阳昏一点橙。
重污如不治，何可建文明？

2011年12月14日

访解放军27分部口占（三首）

（一）

隆冬时节访军营，猎猎战旗长剑横。
备战养兵非好战，永祈歌舞爱和平。

（二）

辎重总先兵马行，救灾抢险见深情。
强军现代高科技，卫国为民筑干城。

（三）

坚强保障护三陇，威武之师气贯虹。
继往开来争奋进，铁军为国立新功。

2011年12月17日

依韵和国钦君《题牡丹答洛阳吟友并祝新年快乐》

美酒杜康盛玉壶，名园金谷有还无[①]？
邀君醉咏牡丹下，敢笑竹林非丈夫[②]！

2012年1月1日

附：王国钦《题牡丹答洛阳吟友并祝新年快乐》

一片冰心问玉壶，牡丹本色有还无？
千姿百态春风里，才是花中伟丈夫！

【注】

① 金谷园：西晋富豪石崇的别墅，遗址在今洛阳老城东北七里处金谷洞内。"金谷春晴"为古"洛阳八景"之一。

② 竹林：指魏晋间嵇康、阮籍、山涛、向秀、阮咸、王戎、刘伶所谓"竹林七贤"。

吊康民先生

五七校中初识君，赤诚仁爱暗生钦。
同情弱小施援手，宣讲理论评杜林。
推动科研兴学会，弘扬马列建基金。
如今鹤去琅環府，一曲挽歌为友吟。

2012年1月28日

步韵沈鹏、周笃文、张福有、张岳琦《壬辰漏岁四家联唱》原玉

卯年晚月辞归去，辰岁朝霞映大千。
荆棘悲曾迷魏阙，尘烟忍更说幽燕。
几番塞内沦关外，每复江边变柳边①。
国力民生两相重，阳阳龙旆乐尧天。

2012年2月1日

附：沈鹏、周笃文、张福有、张岳琦《壬辰漏岁四家联唱》

龙孙吐节存高远，凤羽摩云振大千。（沈）
万国辂车驰魏阙，百重佳气满幽燕。（周）
史从汉障通关外，春引唐声出柳边。（张）
四海风烟纵难测，金虬顺势必翱天。（张）

【注】
① 柳边：即柳条边。明时在东北与后金的边界。

颂春，复吟友

迎春赋颂诗，蛰起物甦时。
河暖禽凫早，山寒雪尽迟。
雨酥滋燥土，风煦动柔枝。
愿斥沙尘暴，休摧娇弱姿。

2012年2月23日

清明有感

时值清明草色新，四郊尽是上坟人。
焚香跪拜今皆晚，父母生前当孝亲。

2012年4月4日

拆"爱"字

夕合朝离闪闪婚，有为情欲有为金。
岂须再订海山誓，爱字中间已缺心[①]。

2012年4月6日

【注】
① 繁体"愛"字简化后，为"爱"。

黄陂木兰山口占

巾帼英雄天下传，从军代父保家园。
忠贞孝义人皆仰，万里神州尽木兰[①]。

2012年4月18日

【注】
① 河南、安徽、湖北、陕西、甘肃等省市，都有"木兰故里"。

黄鹤楼

滔滔江汉割龟蛇,千丈危楼万道霞。
纵目骋怀望八极,神州无处不飞花。

2012年4月19日

再登滕王阁

滕王高阁临江渚,王勃文扬绝世姿。
欣看今朝红土地,万千英杰赋新诗。

2012年4月20日

参观八一南昌起义纪念馆

八一南昌第一枪,人民军队赤旗扬。
东征西战煌煌史,赢得中华慨亦慷!

2012年4月21日

八大山人纪念馆戏题①

白眼寂凄多隐晦，画诗俱见国亡悲。
可怜饭局龙门阵，竟数八人都有谁。

【注】
① 八大山人：明末清初画家朱耷（1626—约1705），字雪个，号八大山人、个山、驴屋等。明宁王后裔。中国画一代宗师。

兰州立夏节

时序轮回夏季来，兰州寒意尚徘徊。
街旁槐叶刚生出，园里春花正放开。
亲水听涛临九曲，御风作赋上三台。
大千造化言难破，乍泄天机何可猜？

2012年5月5日

阴平诗社结社二十周年并召开会员大会志贺

千年古邑说阴平，白水龙江青嶂横。
险道宽宽成大道，小城焕焕变新城。
吟坛树帜弘文化，诗海扬帆促锦程。
宜趁长风浩歌起，宏猷大展更繁荣。

2012年7月21日

黄河岸边口占

激浪高天落，汤汤涌九州。
关山三万里，百折不回头。

2012年7月30日

夜登兰山口占

点点星光煦煦风，朦胧山影若游龙。
万家灯火惊叹罢，月下乘兴撞晚钟。

2012年8月3日

凉州词

新词一曲一擎杯，天马飞腾攻鼓催。
敢叫石羊河水畅，民勤重绿正春回！

2012年8月4日

凉州词

葡萄久羡醉千杯，听任琵琶阵阵催。
立马横刀豪气在，青春当信唤能回！

2012年8月4日

焉支山

绚丽胭脂花溢芬,满山靓丽俏佳人。
从今莫唱匈奴曲①,共绘中华万里春。

2012年8月5日

【注】
① 西汉武帝发动河西之役,击败匈奴,占领河西走廊。匈奴歌曰:"亡我祁连山,使我六畜不繁息;失我焉支山,使我妇女无颜色。"

甘州口占

清流万道绕平畴,塔影芦花映玉楼。
一派江南明丽景,人间大美数甘州。

2012年8月5日

甘州城北湿地即兴

湿地美佳佳,甘州天物华。
芦生芳淀直,荻曳煦风斜。
池内游鸳鹭,枝头巢鹊鸦。
栈桥幽径处,步步见莲花。

2012年8月6日

黑河

天赐祁连沛沛流,如霖若醴润芳洲。
多姿多彩风华地,千里丰饶爽气浮。

2012年8月6日

张掖国家湿地公园

荷韵芦花争婀娜,鸳凫鸥鹭戏清波。
人夸南国水乡好,还比江南胜几多。

2012年8月6日

张掖国家沙漠体育公园

戈壁奇观戈壁风,夺标竞技各争雄。
广交四海通天下,魅力甘州飞彩虹。

2012年8月6日

张掖滨河新区

鸟语花香黑水滨,宜居宜业乐游人。
新城焕焕飞腾起,造福千秋利万民。

2012年8月6日

张掖绿洲现代农业示范区

林路渠田如织网，桑麻翳野菜花黄，
年年大有农家乐，西部粮仓世颂扬。

2012年8月6日

大佛寺

梵刹佛光佳气薰，千年古寺满芳春。
泥金经卷惊僧俗，赏宝长怀护宝人。

2012年8月6日

再到甘州

黑水祁连玉塞雄，缤纷花雨艳阳红。
兼葭稻菽千重绿，丝路轺车万国通。
古郡蒸蒸盈紫气，高天浩浩奋征鸿。
精诚再铸金张掖，八韵甘州歌大风[1]。

2012年8月6日

【注】
[1] 八韵甘州，即"八声甘州"，词牌名。

润泉湖

碧湖漾漾柳成行,生态人文两相彰。
惠及万民行德政,满园欢笑乐无疆。

2012年8月7日

万寿寺登木塔

金铎风敲响碧霄,巍巍宝塔历千朝。
登临凭眺景无限,十万烟村起大潮。

2012年8月7日

张掖丹霞口占

赤紫橙黄蓝绿白,惊迷双目久徘徊。
彩霞只道天空有,谁料落于张掖来。

2012年8月7日

甘州平山湖丹霞景区

五彩斑斓万象融,瑶台琼阁太虚宫。
如诗如画惊灵幻,疑入仙山天域中。

2012年8月7日

甘州明代粮仓

民生自古食为天，仓储防灾亦备边。
寄语当今官与吏，重粮永记政之先。

2012年8日7日

游鸣沙山

沙径蜿蜒绕月泉，驼铃丁当自悠然。
一头小畜顽皮甚，咔咔旋转讨赏钱。

2012年8月9日

渥洼池[①]

渥洼池水荡涟波，汉武曾吟太乙歌。
天马凌空东土去，满池锦鲤竞穿梭。

2012年8月10日

【注】
① 渥洼池，又名寿昌海，位于甘肃敦煌市南湖乡黄水坝，汉武帝得"天马"处。

再访蒲州

天凉好个秋，诗会舜都游[①]。
豪放王之涣，清靖柳柳州。
危楼归鹳雀，古渡镇神牛。
风物冠三晋，凭栏纵远眸。

2012年9月27日

【注】

① 舜都，即今永济市。古称蒲坂、蒲州。传为舜帝故里和建都之地。2012年9月26日，"鹳雀楼"杯诗歌大赛颁奖仪式暨"更上一层楼"诗歌音乐朗诵会在此举行。

登华山

七旬身尚健，攀险华山巅。
信步苍龙脊，坐吟金锁边。
峰尖观落雁[①]，云外叩青天。
忽听吹横笛，飘然几欲仙。

2012年9月28日

【注】

① 华山最高峰名落雁峰，取意山高峻大雁亦难翻越，须落脚歇息。

华山金锁关

高山为誓证鸳情，金锁万千扃铁绳。
可叹当年联锁者，几多今日守前盟？

2012年9月28日

扬州育才小学

吟诗咏赋响琅琅，满院清风满院香。
启智养心怀壮志，放飞梦想激情扬。

2012年11月24日

扬州运河岸口占

江花江水贯京杭，万里清波舟楫忙。
漫步柳堤观胜景，千秋功罪说隋炀。

2012年11月24日

梅花岭吊史公祠口占[①]

冒雨寻踪吊史公，梅花点点乍流红。
舍生为国甘求死，浩气丹心千古雄。

2012年11月25日

【注】
① 史公祠：史可法（1601—1645）字宪之，号道邻。明开封府祥符县（今开封市双龙巷）人。明末抗清名将，民族英雄。墓、祠在扬州市古城河旁梅花岭畔。

扬州诗会路过南京

论诗过境石头城，十代风光耀眼荣。
不向陵山拜天子，梁洲岛上访昭明[①]。

2012年11月26日

【注】
① 昭明，即萧统(501—531)，字德施，南朝梁南兰陵（今江苏武进）人。梁武帝萧衍长子，后为太子。谥"昭明"。编有《文选》。

空中瞰宝岛台湾

大海茫茫镶碧玉，南疆锁钥齿唇依。
中华一统千秋业，天道人心岂可违！

2012年12月13日

飞机降落台北逢陇西李氏后人

血脉相通信不虚，中华一统岂能疑！
银鹰落地逢乡友，李哥深情认陇西[①]。

2012年12月13日

【注】
① 飞机在台北落地出得空港，接机李维聪先生迎上来即激动地说："我祖籍是陇西人，由福建省迁台的。"

参观台大并台大图书馆特藏部

椰树高标轻曳风，满园盛放杜鹃红。
百年名校培桃李，比翼长空正竞鸿。

2012年12月14日

台大图书馆阅览地方志书

万卷千函记祖根，琳琅邺架满芳芬。
同为羲帝炎黄后，大陆台湾岂可分！

2012年12月14日

访中国文化大学

弘扬中国大文化，兴我千秋国与家。
致用经邦利天下，华冈腾翼灿云霞。

2012年12月14日

参观台北"故宫"博物院

故宫从未设台北，珠椟分离何可悲！
休道宝藏多富丽，岂知亦是劫余灰。

2012年12月15日

台北纵横街道皆以大陆省、市命名，有感

红花绿树映琼楼，横竖街名系九州。
民族复兴当携手，中华崛起展宏猷。

2012年12月15日

花莲一瞥

滉漭大洋边，清幽美似莲。
倚山山覆翠，绕水水生涟。
凤树娴姿袅，荆花丰韵嫣。
城乡皆一体，幸福敢占先。

2012年12月16日

太鲁阁峡谷

幽峡重重险，天光一线宽。
千峰堆锦绣，万壑涌银湍①。
岞崿嵁岩立，斑斓彩石蟠。
神奇燕子口，观鸟倚栏干。

2012年12月16日

【注】
① 峡谷峭壁多石灰石，涌泉汇为银白色溪流。

太鲁阁布罗湾午憩即兴

中休太鲁湾，风物满幽峦。
奇趣图腾柱，美鲜民族餐。
黛青纹面颊，绿竹蒸筒团。
食罢追花蝶，留连兴未阑。

2012年12月16日

过北回归线标志园

北过回归线，风光纵目看，
汪洋渺涯际，叠嶂入云端。
心赏清溪水，情迷翠玉峦。
标旁留影罢，宾主尽颜欢。

2012年12月16日

访台湾池上乡万安社

揽胜来池上，米乡天下扬。
有机兼富产，优质放清香。
村舍宏而丽，田畴青且黄。
相逢开口笑，执手话农桑。

2012年12月16日

台东夜宴，会张立达将军

暮色入东城，挑灯盛宴迎。
殷殷通款曲，切切话心声。
本是萍踪友，同怀手足情。
忻忻难尽意，举酒万杯盈。

2012年12月16日

台东垦丁路上

灿灿阳光灿灿花，环游宝岛乐无涯。
风情处处曾相识，两岸同胞共一家。

2012年12月17日

望台湾中央山脉

拔地擎天亘昊苍，逶迤青嶂锁台疆。
愿祈两岸早归一，强盛中华向大洋。

2012年12月17日

台东海岸即兴

醉赏好风光，乘风沐艳阳。
激扬长海岸，浩瀚太平洋。
碧浪连天涌，白帆浮影张。
神驰洑溇上，化作捕鱼郎。

2012年12月17日

垦丁口占

轻涛徊绿岸，一色水连天。
麋鹿奔高岭，珊瑚攒碧渊。
恒春春永驻，佳乐乐无边①。
巴士峡旁立，纵情看幻烟。

2012年12月17日

【注】
① 垦丁湾左有恒春市，右有佳乐水。

赤崁楼怀郑成功

忠勇保残朝，抗清旌举高。
挥师收宝岛，踏浪逐红毛。
开府行教化，屯田辟莽蒿。
风标昭日月，千古颂英豪。

2012年12月18日

游日月潭

舟行日月潭，红日破烟岚。
头劈波光碎，艄扬浪沫淦。
环湖观景物，登岛访伽蓝，
拜罢唐玄奘，心神不胜湛。

2012年12月19日

春节贺岁，致书协诸友

天地初开只一横，点勾撇捺现文明。
龙蛇飞舞风云起，壮我中华总为情。

2013年2月9日

惊闻雅安地震

震魅雅安逞悖狂,江山失色国之殇。
八方合力抗灾害,万众同心救死伤。
祸患战胜无畏险,家园重建更图强。
科研测报何时破?造福人民降吉祥。

2013年4月21日

鹧鸪天·缅怀袁老

仙界教诗登九天,梦中常觉御风还。高吟谈笑声声朗,和悦依稀曩日颜。 扬大纛,耀骚坛,诗词曲赋万千篇。恍听大雅迎春曲,婉转萦回天地间。

2013年4月28月

环县即兴

环州雄踞陕甘宁,滚滚春潮瑞象生。
山走牛羊民致富,地喷油气县增荣。
亦真亦幻观皮影,如醉如痴听道情。
烈士功勋昭日月,老区红旃励新程。

2013年5月7日

端午怀屈子并致亲友

端午沐艳阳，又尝粽子香。
千古怀正则，青史永显扬。
离骚惊卓异，爱国尤高尚。
诗魂万代颂，自沉欠妥当。
山高崎路远，跋涉志须刚。
含冤莫厌世，笑赏百花芳。
忧愤莫绝望，啸歌挺脊梁。
遭难莫自弃，夜残有曙光。
官场遭谗轧，不妨改一行。
亦可闯商海，亦可务稼桑。
否极泰将至，长宜放眼量。
宝刀逞一快，还可搏虎狼。
自强永不息，君子勿彷徨。
汨罗一何细，踏浪御长江！

2013年6月12日

夏入东崖①

夏游东麓崖，幽壑伏冰斜。

璨璨雕银柱，莹莹映彩霞。

万花坡上放，百鸟树中喳。

杏子欣逢熟，异香飘满洼。

2013年7月

【注】
① 东崖伏冰为"临洮八景"之一。

兰州新十景（十首）

黄河铁桥

紫气氤氲透碧霄，凌波虹霓接迢遥。
将军柱侧论今古，天下黄河第一桥。

黄河母亲

大河浩浩向东流，哺育文明化九州。
游子八方纷沓至，慈颜一睹放歌喉。

什川梨花

满园春色满园花,皎若白云轻若纱。
若景只应天上有,人间哪见此奇葩!

兴隆听涛

翠峰叠叠虎龙蟠,阵阵松涛和激湍。
谒罢成陵蒋氏邸,白云窝侧倚栏干。

青城风韵

稻香荷韵起蛙鸣,万种妖娆万种情。
仁义之乡风雅地,生机一派向新荣。

水车晚唱

一轮圆月更翻空,浪激瀑飞惊雨风。
倒挽河涛千町绿,怡人情致韵无穷。

兰山灯火

三台阁上御风轻,俯瞰华灯仰摘星。
飞彩流光城不夜,心怀激荡坐山亭。

古衙烟云

古衙寂寂院深深，仪仗威扬犹自陈。
不尽风流留胜迹，华堂峻阁启游人。

寿桃献瑞

金城桃美传千年，十里夭华竟姣妍。
仁寿山前仁者寿，欣欣耋老欲登仙。

读者大道

通衢大道沐春阳，瑶草琪花永溢香。
最是世间真善美，高梧栖凤更高翔。

2013年7年

岷县①获中华诗词之乡称号

临洮古郡扬吟帜，重振雄风逢盛时。
浩浩西江飞雅咏，浪花朵朵唱新诗。

2013年7月12日

【注】
① 岷县，秦、汉、三国至西魏大统十年（544年）为临洮县。

定西地震感赋

陇右忽遭强震摧，同胞罹难痛心哀。
频频噩耗千家泪，累累疮痍满目颓。
举国倾情宣大爱，三军奋力救横灾。
无常地动何时了？祈盼斯谜早解开！

2013年7月23日

武胜驿吟章(十首)

一、高原夏菜

高原夏菜碧连天，勃勃生机满大川。
因地冷凉兴产业，名优争创独占先。

二、脱贫致富

千年古镇换新颜，救困扶危万众欢。
倾力助帮宣大爱，脱贫致富福康安。

三、科学治虫

浓浓绿色浴和风，轻曳彩旗治害虫。
发展宜当减公害，畦畦夏菜郁葱葱。

四、温室养殖

温棚敞亮育牛羊,冬暖夏凉采日光。
养殖规模保生态,万家致富乐无疆。

五、富强肥厂

测土施肥配妙方,微量元素利农桑。
种田科学遵规律,高产增收赞富强。

六、石家滩上

芳草芊芊接碧空,菜花金灿野花红。
清风微雨瞬间过,忽见东天挂彩虹。

七、火家新貌

芃芃夏菜溢芬芳,产售加工兼冷藏。
争创一流新业绩,率先致富走康庄。

八、鱼龙秀山

鱼龙笔架遥相看,翠嶂丹崖赏大观。
重振文华灵秀地,向阳村里起鸣鸾。

九、奖俊埠岑

松柏森森草似茵，群峰竞秀白云深。
花丛小坐赏幽景，野鸟啾啾传好音。

十、长丰新貌

祥和瑞气煦风吹，亮丽山村处处晖。
推进扶贫惠民众，张张笑脸彩霞飞。

2013年7月25月

浣溪沙·武胜驿

丝路险关控要吭，势襟陇右带湟凉。文华灿灿史煌煌。　　三里长街新气象，味鲜肉嫩手抓羊。千年古镇更腾翔。

2013年7月25日

浣溪沙·武胜驿扶贫

恤苦救难情意真，扶贫开发费辛勤。倾心奉献为黎民。　　建设小康多显效，三川一谷满芳春。富民强镇万家欣。

2013年7月25日

藏友聚会口占

鉴今证古话收藏，捡漏拾遗存宝箱。
莫道残零无甚用，文明碎片溯源长。

2013年8月

老中医雅聚

秋高气爽彩云飞，万道祥光迎宿耆。
医道传承关国运，杏林十万兴中医。

2013年9月19日

喜见王进宝墓重修

荒原敬吊大将军，再造清室第一人。
扬槊纵横驱鞑虏，挥师征战伏藩臣。
佳城曾惜沦荆莽，残冢更欣逢煦春。
高树丰碑光日月，千秋忠义颂精神。

2013年9月25日

环县东老爷山口占

雄鸡一唱听三省,群嶂笏朝兜率宫。
玉树幽林流秀色,琼楼宝阁入苍穹。
香烟袅袅人神悦,仙乐声声天地通。
珠戏二龙腾跃起,福臻环邑更兴隆。

2013年11月5日

环县绝句(十二首)

张南湾调蓄水库

地临沙漠久干旱,饮水谁知第一难。
千里引来甘露润,城乡欢笑万家安。

2013年11月5日

陕甘宁省政府旧址

边区政府隐山村,救国为民主义真。
万众瞻观励新志,永扬革命继精神。

2013年11月5月

山城堡战役

三军师会展宏猷，歼敌山城巧运筹。
昔日鏖兵梁峁上，黄花劲草正高秋。

2013年11月5月

怀马锡五①

爱民勤政马青天，断案如神众口传。
公正公平关国运，法曹理该效英贤！

2013年11月5日

【注】
① 马锡五（1899—1962），别名马文章，陕西保安（今志丹县）人。1930年参加革命。抗日战争时期先后担任陕甘宁边区庆环分区、陇东分区专员，曾兼任陕甘宁边区高等法院陇东分庭庭长，创"马锡五审判方式"。

长庆采油七厂

穿云拨雾上高山，讵料山巅却坦原。
汨汨油流机器响，乐为祖国献能源，

2013年11月5日

高寨村农业示范工程

扶贫开发惠黎民,全力帮扶情意深。
转换经营图致富,新村建设奏强音。

2013年11月6日

八珠塬上

彩旗猎猎浩歌飞,风物瑰奇漾日晖。
放眼纵横梁岘上,行行点点采油机。

2013年11月6日

怀李凤存[①]

举家革命著奇勋,赤胆忠心勇献身。
敢向当年蒙惠者,为何不佑有功人?

2013年11月6日

【注】

① 李凤存,环县八珠人。1936年,父子3人同时加入中国共产党,当选为八珠区苏维埃政府主席。其家为中共陕甘宁省委的秘密联络点,举家努力生产,支援边区,掩护革命,曾被评为陕甘宁边区劳动模范,全国工农兵劳动模范,为中国革命事业做出了卓越贡献。1997年被错划为富农分子,受到不公平待遇。

灵武台口占

日照古台横翠微，絪缊万象更熙熙。
巍巍宝塔入天外，属宋属蒙还有疑。

2013年11月6日

登环城西山文昌阁

环江萦曲众山横，杰阁晴云照眼明。
自古环州多俊士，文光射斗耀寰瀛。

2013年11月6日

环城东山环境治理

治洪绿化护环城，欣看层层草木荣。
敢教童山呈丽景，改良生态利民生。

2013年11月6日

虎洞乡生态治理

错落梯田黄土坡，生机勃勃舞婆娑。
育林种草春风驻，再秀荒山起绿波。

2013年11月7月

王竑诞辰六百周年①

雄才振古耀乡邦，铁笏尚书名久扬。
忧国惩奸除宦党，爱民救难放仓粮。
直言良策革陈弊，简练精兵护塞疆。
云水襟怀真俊杰，清廉刚正永流芳。

2013年11月12日

【注】

① 王竑（1413—1488）字公度，号戆庵，又号休庵，明河州（今甘肃临夏市）人。正统四年（1439年）进士，官至兵部尚书。有《戆庵集》《休戆集》存世。

贺兰州黄河奇石协会代表大会

浩浩黄河东向流，轮回天道总悠悠。
日精月魄凝瑰宝，万古神州一石头。

2014年1月31日

河口即兴①

古渡千年溯汉唐,险关要塞说辉煌。
势遮南北庄河堡,通济东西广武梁。
望眼高祠追祖武,连街老店灿文光。
承前启后创新业,克盛克昌更骕骦。

2014年2月25日

【注】
① 河口,地处兰州市西固区西部黄河北岸,因庄浪河在此汇入黄河而得名。是古代黄河天险的重要渡口。

鹧鸪天·春归

春到悠然挂柳梢,鹅黄淡染万千条。去年春去深情约,今岁相逢雁落桥。　牵玉手,赏春娇。芳姿乍现更妖娆。长堤最是消魂处,一道轻烟上碧霄。

2014年3月21日

临江仙·清明

　　三月春风生媚景，人间又是清明。岂知此日最伤情。漫天翻黑蝶，风咽曳残旌。　　我哭亡亲亲念我，夜来魂绕梦萦。哀哀呼唤泪飞倾。恨天天不语，但听杜鹃鸣。

2014年4月5日

五一前参观酒泉经济技术开发区

　　参观电器城，快意满豪情。
　　发展求环保，效能须业精。
　　工人真伟大，劳动最光荣。
　　万座风轮转，天蓝复气清。

2014年4月28日

鹧鸪天·纪念抗战胜利

　　倭鬼侵华天地昏，救亡抗日卷烽尘。同仇敌忾摧凶寇，陷阵冲锋靖祸氛。　　游击队，国民军，伏魔勠力建殊勋。勿忘国耻旌旗奋，民族复兴扬大钧。

2014年6月26日

咏东乡县城重建

山城秀亦雄，云际起霓虹。
溯古悠悠远，抗灾盛盛隆。
广场腾凤羽，高馆幻人瞳。
富裕康庄路，飞驰千里骢。

2014年6月28日

东乡族赞歌

千嶂复纵横，人依峻岭生。
坚贞彰性格，醇朴蕴风情。
敢将地天撼，常同命运争。
自强从不息，奋发唱新声。

2014年6月28日

东乡河滩风韵

霏霏小雨天，多彩喇嘛川。
天地盈清气，山峦幻白烟。
禾麻肥且秀，果蔬嫩而鲜。
赤岸平湖碧，纵横说变迁。

2014年6月28日

布楞沟即兴

春意满山乡,扶贫情义长。
育人兴学校,铺路架桥梁。
荒谷植新绿,温棚养美羊。
村居连排起,万众喜洋洋。

2014年6月28日

林家遗址

东乡文化古,觅迹上芳皋。
断坎遗灰址,依阶见火窑。
低头寻片石,拨草拾残陶。
可证青铜史,中华第一刀。

2014年6月28日

达坂经济园

达坂彩旗扬,栽梧引凤凰。
贾商来队队,厂肆建行行。
工业多元起,民营主体张。
逐年增效益,东乡正腾骧。

2014年6月28日

泄湖峡揽胜

奇峡倚栏干,听涛看激漩。
斧开深涧断,水击峭崖穿。
汹涌惊雷电,喧豗飞雾烟。
追功思大禹,治水导为先。

2014年6月28日

赞东乡引水上山工程

叠叠岭连山,年年旱又干。
倾心为大众,引水上高峦。
管线凌梁峁,虹槽架顶端。
清流滋燥土,百姓万家欢。

2014年6月29日

夏过东乡口占

芊芊染翠岗,风送野畦香。
洋芋丛丛白,菜花片片黄。
禾肥抽劲节,麦秀灌甜浆。
雨洗过犹碧,波飞绿海洋。

2014年6月29日

东乡杂咏（十首）

东乡人

叠嶂重峦万壑深，地球骨架接云根。
英雄民族撒儿塔，铸就自强坚韧魂。

东大坡

昔日荒坡泛绿波，秀林芳草舞婆娑。
花儿一曲悠扬起，千嶂回应都是歌。

唐汪川

河湟宝地数唐汪，沃野芳川沐艳阳。
春到花开蜂蝶舞，杏黄时节醉城乡。

民族餐

炸烙蒸煎千变样，糖糕馓子热油香[1]。
嫩酥味美闻全国，金字招牌手抓羊。

【注】
[1] 油香：一种油炸圆饼状风味食品。

青砖雕

神工绝技双精巧，殿阁崇崇凌碧霄。
最爱砖雕称绝品，或镌或捏竞妖娆。

大红袍

乡人齐赞大红袍，串串珍珠满树娇，
万亩椒林民致富，长川百里异香飘。

古生物

远古物种伊甸园，几经沧海变桑田。
神奇化石说玄奥，敬地尊天爱自然。

手艺人

东乡自古多工匠，天下闻名技专精。
造福人民功不朽，生财致富播文明。

南阳渠

凿山开洞引牙塘，人造天河迤逦长。
沛沛甘霖驱旱魅，粮丰林茂百花香。

东乡商

丝绸古道贯东乡，驼队马帮走四方。
新世弘扬好传统，弄潮商海耀家邦。

2014年8月30日

过黄果树

论诗兴会到黔中，满目青山郁郁葱。
暮色苍茫黄果树，残阳如血一轮红。

2014年7月14日

贵州兴仁印象

一片和融民族乡，黄金煤炭遍山冈。
夜郎古国焕新貌，大道条条通五洋。

2014年7月16日

登兴仁真武山①

万级崇台入昊天，登高揽胜倚栏杆。
一从永乐夺皇位，天下几多玄武观！

2014年7月17日

【注】

① 永乐二年（1404年），令天下州、县、仓、场遍建玄武观。盖因燕王朱棣假托玄武大帝下凡，发动"靖难之役"，夺得皇位。清时为避康熙帝讳，改玄武为"真武"。

瞻仰高台西路军烈士陵园

映日丰碑傲雪峰，冲天浩气贯长虹。
太平盛世享安乐，永记捐躯众鬼雄。

2014年10月19日

临泽丹霞地质公园口占

霞光万道映天际，水墨丹青七彩衣。
如幻似真惊造化，瑰奇绝妙世间稀。

2014年10月20日

海南吟草（九首）

吊五公祠[①]

再访崇祠吊五公，忠魂千载漾英风。
清廉刚正常遭贬，可叹人间今古同。

2014年11月14日

【注】
① 五公祠：位于海南省海口市琼山区海府路。祀唐李德裕和宋李纲、赵鼎、李光、胡铨五位名臣。

初到临高

华灯闪烁到临高，如鼓如雷听海潮。
晨启竹扉西望远，碧痕一道接云霄。

2014年11月14日

临高角口占

金滩碧海拥临高，浩浩长风拍岸涛。
解放大军鏖战处，丰碑映日颂英豪。

2014年11月16日

吊王佐公①

海角小村飘彩帜，三千骚客吊同知。
崇祠俎豆人称誉，端赖爱民能作诗。

2014年11月16日

【注】
① 王佐（1428—1512），号桐乡，海南临高县透滩村人。曾历任广东高州、福建邵武、江西临江同知。有诗名。

访东坡祠

野径九回环翠垅，北门江畔访坡公。
敷扬文教亲黎庶，千载依然沐雅风。

2014年11月17日

东坡书院即兴

落花陈迹俱飘香，原是东坡载酒堂。
但有胸中真爱在，人生何处不流芳！

2014年11月17日

劝重农积粮

一从北国到南疆,片片良田见撂荒。
华夏泱泱十三亿,时时莫忘广存粮。

2014年11月19日

夜宿西岸

夜憩西岸海滨城,隐隐风声伴浪声。
浩荡碧波连广宇,地吟天籁共和鸣。

2014年11月19日

眺望三沙

天涯崖上望天涯,恍见黄岩曾母沙。
浩淼烟波礁与岛,海疆万里属中华!

2014年12月2日

贺万里机电厂史出版

再改《135厂史》序言，定稿，赋诗。

航空儿女志高奇，报国丰功树颂碑。
万里蓝天争搏翼，千秋大业铸宏基。
精诚爱厂拓新路，发奋强军护赤旗。
合力同圆民族梦，辉煌再创镇熊罴。

2014年12月19日

珠海竹仙洞口占①

列班王母蟠桃宴，雅号原来称竹仙。
济世物华堪大用，修篁遍地动云烟。

2015年1月10月

【注】
① 珠海公园里有竹仙洞，供奉赤脚大仙。

由《黄河之都诗词作品集》编辑工作有感认真难

事业成功须认真，认真自必费精神。
认真二字人人讲，做到认真有几人？

2015年1月18日

元玉谢和海洋《甲午岁末寄语》并诚祝春节吉祥（今韵）

万里和风万里天，客居琼岛凤山南。
临池每得心田静，踏浪总忧海域安。
乱砾礁头闲赏贝，金沙滩上笃参禅。
遥望西北怀诗友，春暖当腾云彩还。

2015年1月28日

附：廖海洋《甲午岁末遥寄张会长海南》

正是风嘶雪满天，翩然命驾海之南。
柳林蕉影舒怀抱，白浪金沙享逸安。
墅外繁花堪作赋，窗前朗月且参禅。
他乡诚好虽云乐，陇上吟朋盼早还。

调笑令·刺贪

猴泼，猴泼，竟将空空悟彻。苞谷只留一梭，何须攫取占多？多占，多占，可笑贪官无厌。

2015年2月1日

春之曲①

一元复始,又逢春回。发《春之曲》一首迎春并求正。

春雨春风春水流,春畴春播走春牛。
春花春草春园美,春鸟春声春树稠。
春日春阳光灿灿,春楼春夜梦悠悠。
春芳春景春无限,春野春山春畅游。

2015年1月29日

【注】
① 《春之曲》在微信朋友圈发出后,半月内收到和诗54首,略录。

乙未元日寄语传明诗友并贺年

君冬居北国,吾蛰在南疆。
君累双关痛,吾逢一管伤。
莫愁生苦疾,自信化安康。
开泰三羊到,笑吟花草香。

2015年2月19日

黎家小寨

静幽小寨倚山隈,朝日渐高岚气开。
忽听声声鞭炮响,黎家又有客人来。

2015年2月22日

【注】
① 黎俗,春节拜年,客至鸣放爆竹。

五指山前

剸为五峰凌碧霄,云烟袅袅竞妖娆。
逐风捧日擎天宇,势控南疆镇海潮。

2015年2月22日

海边放生

昨日退潮沿海行,捉拿数十小精灵,
可怜也是条条命,娱罢携孙今放生。

2015年2月25日

致小女

人间万象太纷杂,切记认真多考查。
处处玄机无不在,边参边闯走天涯。

2015年3月4日

浣溪沙·谷雨

　　酥雨霏霏敲小窗,桃花乍褪草渐长。春光陇上正徜徉。　　枝上斑鸠欢快叫,田中戴胜捉虫忙。新翻泥土溢清香。

2015年4月20日

浣溪沙·理书

　　五一春深万里香,游人陌上赏芬芳。醉心漾漾理书房。　　插架万函犹恨少,书为妻子我为郎。三生石上结缘长。

2015年5月2日

长城

应约咏长城。因曾咏再三，今反其意。

上下三千载[①]，纵横万里长。
鉴今论古帝，固土筑高墙。
何见销金鼓[②]？安能阻虎狼？
国强民志一[③]，方可保家邦！

2015年5月8日

【注】

① 自公元前656年战国楚始至明代中期，长城修筑历时近三千年。

② 李白《塞下曲》句："晓见销金鼓。"

③ 成吉思汗语："广土众民欲御侮，必合众心为一。"

登沈家岭

雨过光灿灿，高上沈山巅。
狮虎踞高岸，龙蛇舞昊天。
大钧扬物色，爽气沁心田。
喋血争锋处，英魂化杜鹃[①]。

2015年5年30日

【注】

① 沈家岭为中国人民解放军解放兰州主战场之一。

浣溪沙·兰州马拉松

兰马赛跑枪又鸣，黄河助力起涛声。激情炫动满金城。　　只见黑人轻夺冠，却无黄种奋奔争。陇原汉子几时能？

2015年6月13日

傩乡鳌头

傩礼说鳌头，誉扬临夏州。
跳神歌舞盛，击鼓乐声稠。
除疫驱魔鬼，祈祥求稔收。
传承俗文化，天道总悠悠。

2015年7月8日

过津门即兴

银鹰逐白云，倏忽到天津。
古邑连京郭，新区跨海滨。
风情融异域，环境住宜人。
最为称道处，奉行主义真。

2015年7月29日

哈尔滨至兴安岭道上

察考鲜卑登北疆,转眄千里似腾骧。
崭新大庆石油市,悠久卜奎文化乡。
匝地绿禾蓬勃长,凌空丹顶自由翔。
夜休林海兴安岭,阵阵山风送爽凉。

2015年8月1日

【注】
① 齐齐哈尔一名卜奎,为国家级历史文化名城。

登兴安岭鲜卑石室

万里探寻嘎仙洞①,考求千古鲜卑踪。
旧墟历历石崖现,往事朦朦岁月封。
壁上祝文追远祖,沙中遗物证先宗。
三迁奋进入中土,逐鹿争雄腾巨龙。

2015年8月2日

【注】
① 嘎仙洞,位于内蒙古自治区鄂伦春自治旗阿里河镇西北10公里、大兴安岭北段顶峰东端、嫩江支流甘河北岸噶珊山半山峭壁上,为一天然石洞。是古代鲜卑族人的发源地,为全国重点文物保护单位。

呼伦贝尔即兴

最美中华大草原,壮观秀丽广而宽。
天蓝云白风情动,地绿花妍牛马欢。
曲水重重环碧野,澄湖点点散珠盘。
牧歌袅袅炊烟起,民族摇篮思可汗。

2015年8月6日

步马凯同志原玉贺中华诗词学会第四次全国会员代表大会

四季轮回总未迟,百花次第绽琼枝。
铜琶铁板随心唱,雄曲华章任意驰。
熔古铸今飞雅韵,歌天咏地赋新诗。
千秋大业中华梦,万里婵娟共此时。

2015年8月16日

附:马凯同志《七律·写在中华诗词学会第四次代表大会召开之际》

大地春回盼未迟,唐松宋柏又新枝。
随心日月弦中起,信手风云笔下驰。
骚客曾忧无续曲,吟坛应幸有雄诗。
山花烂漫人开眼,更待惊天泣雨时。

科尔沁行吟（六首）

科尔沁印象

大美草原科尔沁，氤氲紫气物华新。
连天茂稼绿如海，殊丽风光迷煞人。

2015年月8月16日

科尔沁诗人节

诗情画意满通辽，兴会激扬风雅潮。
丰韵壮歌催奋进，草原飞咏更妖娆。

2015年8月17日

珠日河赛马观礼

缤纷花放草茵茵，骏马腾飞逐白云。
德德玛歌歌一曲，情融天地众欢忻①。

2015年8年18日

暮游山地草原口占

悠悠琴韵彩旗扬,夕照余晖百卉香。
我赏彩霞霞赏我,花丛小坐醉心房。

2015年8月18日

敖包即兴

一阵潇潇洗翠微,娇花芳草晚霞飞。
骚人啸咏敖包下,情笃依依不忍归。

2015年8月18日

孝庄园漫步

乱世风云几扰攘,安家扶国佐三皇。
深深王府多遗事,大智芳踪说孝庄[②]。

2015年8月18日

【注】
① 德德玛:蒙古族歌唱家。
② 孝庄:即清初皇太极之庄妃,后尊为孝庄文皇后。

再步马凯同志《七律·写在中华诗词学会第四次代表大会召开之际》原玉

花放无分早与迟,缤纷七彩满高枝。
腾虹揽月神龙跃,驭电追风骏马驰。
四海飞扬天地曲,九州激荡纵横诗。
更推滚滚春潮涌,圆梦中华信有时。

2015年8月19日

中国人民抗战暨世界反法西斯战争胜利70周年大阅兵

河清海晏阅天兵,倒海排山扬战旌。
铁甲轰鸣天地动,银鹰呼啸鬼神惊。
强军卫国镇凶寇,铭史思危铸干城。
壮志誓圆民族梦,开创万世保和平。

2015年9月3日

杭州喜会红解、绍洲、衍明有作

客旅下杭州，天高正仲秋。
忆前逢老友，谋后拓新途。
长恨光阴逝，永思家国酬。
钱江观大浪，奋进站潮头。

2015年9月24月

湘湖即兴

碧波三万倾，横卧跨湖桥。
文化八千载，风光十二娇。
桥边惊远古①，湖上赏妖娆。
登上越王寨②，霏霏小雨飘。

2015年9月25日

【注】

① 跨湖桥新石器时期遗址，位于浙江省萧山县城南湘湖北岸，距今8000年，为全国重点文物保护单位。

② 越王寨：湘湖南岸山巅，有越王勾践曾据城堡。

中秋返乡情吟（十二首）

中秋返乡

故乡愈近愈欣欣，又喜如前又喜新。
爱意融融情不禁，山川草木尽亲人。

2015年9月25日

山村新貌

五彩斑斓沐艳阳，山村户户起新房。
春风带雨田园润，祈愿万家奔小康。

2015年9月26日

祭奠爹娘

秋风呜咽奏悲音，祭奠爹娘扫老坟。
长跪焚香心对语，哀思无尽泪纷纷。

2015年9月26日

凭吊圣贤

伊水之滨夫子①林，丰碑映日柏森森。
哲人德化光千古，金翅云头不住吟②。

2015年9月26日

拜访乡亲

不忘当年相助恩，满怀感激拜乡亲。
人生易老情难老，追往话今心意真。

2015年9月27日

中秋之夜

常言月是故乡明，时遇中秋淡淡朦。
蛮蝈合弹交响乐，人间天上共融融。

2015年9月27日

叹进老宅

荒草芃芃老屋倾，呼娘叫爹不应声。
可怜爷植石榴树，笑脸绽开将我迎。

2015年9月28日

踏访南山

南岑情会少时朋，神自交融心自通。
我赞青山更美丽，青山叹我已成翁。

7015年9月28日

漫上北岭

稷黍飘香登北岭，芃芃茂稼密层层。
田家劳动多机具，摩托汽车横畎塍。

2015年9月28日

怀念小河

草径依稀下谷滩，已无清涧响潺潺。
忆曾戏水捉鱼乐，亦惜亦忧心怅然。

2015年9月28日

希望学校

讲堂桌凳尚新新，寂寂无声一片闷。
随去打工生徒少，希望学校惜关门。

2015年9月28日

空巢农户

农家门口草深深,不见鸡鸭不见豚。
三两老人槐下坐,目光浊浊说儿孙。

2015年9月28月

【注】

① 夫子,为明道先生程颢(1032—1085)、伊川先生程颐(1033—1107),世称二程,北宋教育家,理学家。

② 金翅,鸟名,喜栖高柏之上。

天斧沙宫咏三十二韵

安宁游胜景,天斧鬼兼工。
激赏自然趣,惊叹造物功。
静幽精妙绝,野旷古奇雄。
荒谷岚烟紫,峭岩橘色红。
迎宾姝婉婉,卧虎岗崇崇。
栩栩棲金凤,翩翩掠矫鸿。
雏鸡戏坡叫,鹰隼搏霄翀。
如进琅嬛境,如临阆苑中。
琼楼多壮丽,琳阁亦玲珑。
玄秘羌酋寨,恢宏王母宫。
峻峰撑地脉,宝塔傲苍穹。
八龟望蓝海①,九龙吟碧空。
乾坤并一柱,日月育群嵩。

拾级登高岘，攀巉入险峒。
崖呈千佛影，壁立众仙翁。
左看狮和象，右观驼及熊。
步移迷百态，身转惑双瞳。
十里丹霞秀，四时爽气融。
忻忻看不尽，幻幻变无穷。
绚烂五颜画，缤纷七彩虹。
有泉流汩汩，有井水潆潆。
几院农闲适，数畦蔬翠葱。
枣林枝累累，芦荡叶芃芃。
佳果鲜而脆，蜜瓜甜且丰。
也曾驰猃狁，也复驻氐戎。
冒顿牧骁马，可汗弯劲弓。
云烟越南北，丝路贯西东。
既与秦雍接，又和欧亚通。
山陬盘驿站，峡道走征骢。
运饷左元帅②，记行陶抚公③。
悠悠文化史，浩浩大河风。
开发宜当早，兰州日日隆。

2015年11月4日

【注】

① 黾，měng，蛙。这里作蟆解。
② 左元帅，陕甘总督左宗棠收复新疆，由此道运送粮草。
③ 陶抚公，新疆设省后，巡抚陶模由此道入疆赴任。其子陶保廉随行，著《辛卯侍行记》，其中记述天斧沙宫景色。

原玉奉和达尔罕夫兄《雪中招饮》

欲颂琼瑶笺已裁，天机活泼却难猜。
似花如蝶袅飘舞，引犬拈梅访友来。

2015年12月

附：达尔罕夫《雪中招饮》

满院琼花谁剪裁？墙头雀语费疑猜。
门前雪径为君扫，信有高朋携酒来。

昆明大理道上

旖旎绿无涯，南中秀色佳①。
菜蔬遮野坳，松竹绕田家。
四季长春日，三冬遍地花。
英雄滇缅道，洒血卫吾华。

2016年1月2日

【注】
① 云南古称南中。

紫城一瞥[①]

　　暖日碧空晴，车经大理城。
　　银苍飞雪白，玉洱静波清[②]。
　　北接丝绸路，南通陆海程。
　　中华何壮美，万丈起豪情。

2016年1月3日

【注】
① 大理古城称紫城，又名叶榆城。
② 苍山和洱海。

丽江印象

　　三河穿丽江，处处水淙淙[①]。
　　奇妙象形字，斑斓文化窗。
　　古衙经百代，故事说千桩。
　　赏雪龙山顶，平生未见双。

【注】
①淙淙，音cóng cóng。淙淙，江韵。流水声。

眺望南海

鹿回山上望三沙,万里蓝天万里涯。
强国强军强海防,何方敢犯大中华?

2016年1月23日

兰州治理大气污染见效喜赋

兰州昔日重污染,失色山河不忍看。
春夏沙尘千嶂暗,秋冬雾霾满城残。
曾关锅炉减烟烬,也削山峦疏气团。
今得天空蓝湛湛,万难敢克有何难?

2016年2月

贺庆阳市诗词学会成立口占

暖日新妆天地容,桃花初绽杏花红。
莺啼燕唱春光曲,凤鬻龙翔大陇东。

2016年3月16日

敬亭山

百里龙腾六十峰，穿云青嶂各娉婷。
篁林绿雪诗仙句，骚客千家咏敬亭。

2016年3月17日

出席庆阳诗词学会成立大会再上董志塬

春雨渐濡陇上青，催耕布谷绕村鸣。
豳风习习浩歌起，万象欣欣争向荣。

2016年3月26日

成州西狭①

清幽鱼窍峡，十里竞娉婷。
长栈入云汉，飞流出画屏。
崖碑雕隶体，篆意蕴楷形。
绮丽迷人眼，留连倚山亭。

2016年4月23日

【注】
① 西狭，即鱼窍峡。位于甘肃省成县西二十余里。因有汉隶摩崖石刻《西狭颂》而闻名。

黄龙碑[①]

奇瑰西狭颂，高古见书风。
严整兼灵异，方圆亦劲雄。
丰碑扬李守，妙帖显仇公。
当继先贤业，高天争奋鸿。

2016年4月23日

【注】

① 黄龙碑，又名《西狭颂》，全称《汉武都太守汉阳阿阳李翕西狭颂》。位于甘肃成县西天井山麓鱼窍峡中。篆额《惠安西表》。镌于东汉建宁四年(171年)，为汉隶的典范作品，具有极高的书法艺术价值，也是东汉遗存的重要史料。现为全国重点文物保护单位。

礼赞平川

绚丽平川展画屏，千年古邑历峥嵘。
渡通欧亚鹯阴口，和合羌戎打拉城。
无尽能源匡世用，多姿瓷器益民生。
骚人结社翻新曲，丝路重兴更励程！

2016年5月25日

礼赞西固

汉设金城控要冲,河都名镇古今雄。
丝绸天马中通外,法显鸠摩西汇东。
炼塔林林创伟业,人才济济建丰功。
旌旗高举推新局,铁板铜琶奏大风。

2016年6月10日

礼赞白银

横贯大河腾巨龙,纵穿古道起霓虹。
穆王驰骏瑶池恋,博望浮槎丝路通[①]。
师会三军征腐恶,地供八宝建新中。
物华人杰地兼利,喜看铜城更盛隆。

2016年6月26日

【注】
① 白银市地处丝绸之路东段北道要冲。周穆王西巡、张骞出使西域皆由此西行。

致青春诗会青年诗人

自古骚坛多少俊①,青春更当惜青春。
志存高远怀天下,高调作诗低作人。

2016年6月28日

【注】
① 少,此处读shào音,年轻。

小镇五题

客居小岛

灿灿阳光洒地金,美园空气好清新。
梁山泊里虽非主,岛上却居吾一人。

2016年7月25日

月夜偶感

河声隐隐送轻风,皎皎蟾辉淡淡星。
许是水中残药重,不闻月下竞蛙鸣。

2016年8月6日

自度中秋

中秋佳节乐陶陶,人海车流满市郊。
兀自静心争秒秒,再将书稿细推敲。

2016年9月15日

小镇遭染

风光古镇惜污染,垃圾堆堆脏水溅。
突突柴油机器过,满街异味裹尘烟。

2016年9月20日

喜见丰稔

梨乡蔚蔚翠金摇,满眼丰收满富饶。
最是骄人天把式,攀高级级入云霄。

2016年10日3日

小径见蚂蚁垒坝防雨

堆坝把家围起来,性灵蚂蚁懂防灾。
纤尘细粒殊非易,抬脚绕行安忍摧?

2016年7年31日

湖畔观鱼

激滟湖光风拂涟，鱼儿游戏亦堪怜。
岸边觅食垂钩网，水面露头惊鹭鸢。
庄子但知波下乐，冯谖却欲口中鲜。
世间万物皆为贵，敬畏生灵崇自然。

2016年8月8日

安宁即咏

仁寿山前近水边，芳林蓊郁百花丹。
东来南渡天龙马，西去北通商旅团。
瓜果鲜蔬酬社会，学宫高馆育芝兰。
春潮涌动乘时进，宜业宜居安乐园。

2016年9月26日

海滩赏最大月亮

最大冰轮近地球，蟾辉皎皎照金瓯。
愿祈百姓皆康乐，博爱祥和满九州。

2016年11月14日

贺扬州诗词学会30周年

淮海之都夸广陵，沧桑百代竞繁荣。
春江花月多佳句，赢得诗乡风雅名。

2016年11月18日

小年颂词

拈香祭灶王，一派喜洋洋。
俗说名张单，相传籍晋阳①。
神通天与地，司降福和祥。
祈赐家家乐，平安顺又康。

2017年1月20日

【注】
① 唐《酉阳杂俎》：灶王爷姓张名单，又名隗，字子郭，太原人。

步马凯先生贺诗元玉颂春兼贺《中华辞赋》三周年

初绽腊梅何为迟，飘香报讯占高枝。
花逢润雨缤纷放，牛步耕畴欢快驰。
泛绿千山翻妙曲，更新万象赋鸿辞。
春雷阵阵催精进，当趁韶光灿烂时。

2017年1月22日

附：马凯先生《贺<中华辞赋>创刊三周年》：

六载蓄芳莫谓迟，三秋竞放俏一枝。
花香自有群蜂聚，草碧任凭万马驰。
笔底沧桑收古赋，人间犹乐化新辞。
通灵钟吕呼和鼓，共为中华圆梦时。

丁酉咏鸡

红冠抖擞站高台，啼唱一声天幕开。
五德兼俱万家宝，接祥纳福报春来。

2017年1月28日

浣溪沙·虎园老虎伤人

逃票翻墙入虎园，丧身虎口实堪怜。惨端再发绝人寰。　　门票高低当别论，妄行岂可保双全？遵规守德自安然。

2017年1月30日

学雷锋有感

佞徒叵测贬英雄，邪气嚣嚣正气壅。
仁者爱人多奉献，雷锋永远在心中。

2017年3月5日

浣溪沙·于欢案

逼债狂徒辱母亲，怒刀除恶报慈恩。男儿大孝世人尊。　　法律理当扬正义，岂能违礼悖人伦？惩凶扶弱靖乾坤。

2017年3月28日

礼赞洮州,贺诗词学会成立①

龙吟洮水浩汤汤,化育雄州文脉长。
缕缕行行茶易马,融融恰恰汉和羌。
俗兼南北淳而厚,人尚刚诚慨亦慷。
边塞诗风动征鼓,歌飞花漫正腾骧。

2017年3月30日

【注】
① 洮州,今甘肃省临潭县。

和李文朝将军《纪念中华诗词学会成立三十周年》原玉

华夏文扬七大洲,诗词曲赋壮千秋。
育人励志真情切,警世资治佳句稠。
结社举旌三十载,摘星揽月上层楼。
金声玉振催精进,步步登高更带头。

2017年4月1日

附：李文朝将军《纪念中华诗词学会成立三十周年》

璀璨明珠耀九州，骚魂一脉续千秋。
寒霜过后春风暖，大纛擎来雅兴稠。
卅载琼枝丰硕果，百年吟苑筑高楼。
江山代有诗潮涌，多少英才立浪头。

遥和何鹤《八里桥赏杏（花）》

盛开粉白绽苞红，花事三期色不同[①]。
造化万千多奥秘，群芳争艳笑春风。

2017年4月2日

附：何鹤《八里桥赏杏》

一抹暗香诗意中，横枝墙外舞春风。
素颜如雪凭开落，始信杏花原不红。

【注】
① 杏花变色：含苞艳红，开后渐淡，谢时纯白。杨万里诗："道白非真白，言红不若红。请君红白外，别眼看天工。"

浣溪沙·乌镇

青瓦银墙木隔扇,石墩石板石栏杆。拱桥流水小乌船。　　水墨江南烟雨画,悠悠古韵静娟娟。东栅赏罢赏西栅。

2017年4月4日

浣溪沙·感时

又爱春风又恨风,花开一瞬褪残红。韶光无奈太匆匆。　　自在自观观自在,空空色色色空空。凭栏伫立看飞鸿。

2017年5月4日

悯农

天爷何故发狂飙?暴雨惊雷冷雹嚣。
怎不体恤农圃苦,忍看禾萎果蔬凋!

2017年6月5日

浣溪沙·再题兰州马拉松

盛夏兰州马拉松,大河两岸起霓虹。健儿逐梦奋争雄。　少见游人观比赛,却仍一阵黑旋风。有无佐世富民功?

2017年6月11日

浣溪沙·夏收

杏子飘香麦子黄,金涛起伏沐骄阳。"旋黄旋割"抢收忙。　不见走镰挥汗雨,也无轧碾趁风扬。台台机械列田旁。

2017年6月22日

颂陈母[①]

山高大海深,难比母亲恩。
勤俭持家业,慈怜育子孙。
终生行淑善,每日劳晨昏。
懿德范乡里,音容永世存。

2017年6月28日

【注】
① 甘肃省总工会原副主席陈琳母亲。

散步喜见群群幼儿有感

往昔小园中,郁郁多老龄。
二孩新政出,无数宝儿生。
咿哑仿人语,蹒跚学步行。
媪翁开口笑,民族向繁荣。

2017年7月5日

八一朱日和阅兵[①]

八一点兵朱日和,天朝无敌亮金戈。
战鹰苍昊巡神域,飞弹汪洋镇恶魔。
铁甲隆隆惊世界,雄师赫赫卫山河。
有谁敢犯中华境,必当诛之奏凯歌。

2017年8月1日

【注】
① 朱日和:中国人民解放军北部战区的合同战术训练基地,位于内蒙古乌兰察布市四子王旗和锡林郭勒盟苏尼特右旗境内。

赞河州砖雕师

神韵精工一把刀，美轮美奂赏砖雕。
镂镌錾刻千般景，天地风云万里潮。

2017年8月6日

【注】
① 河州砖雕技艺，为国家级非物质文化遗产。

读某儿诟褒姒句

可笑小儿狂且蠢，又将祸水泼钗裙。
若非战国群雄起，三千诸侯尚纷纭。

2017年10月2日

浣溪沙·手术室前

浩浩高天云彩飞，雄狮苍狗幻形追。优悠万类沐金晖。　　自信此时非当绝，严霜过后有芳菲。鬼门关里走来回！

2017年10月23日

浣溪沙·术后三日

术后形仪不忍看，全身管线插还缠。闯过凶险历三天。　　医护倾心精护理，女儿昼夜伴跟前。自强下地走几圈。

2017年10月25日

浣溪沙·病房长夜

长夜沉沉更已深，无边空寂汗涔涔。难转难侧坐披襟。　　窗外灵蠡吟不住，高山流水奏琴音，抚吾病痛慰吾心。

2017年10月26日

忆挽头坪

王母挽头坪，思之赞愫衷。
清溪穿上下，幽院布西东。
春煦杏花白，秋深柿子红。
宁静炊烟里，至朴醉民风。

2017年11月6日

【注】
① 甘肃省泾川县罗汉洞乡挽头坪，传说为西王母挽头处。

南京大屠杀死难者公祭日

大江呜咽涌怒波,缅怀死难讨倭魔。
不忘国耻警钟响,砥砺图强夜枕戈。

2017年12月13日

冬至怀乡

小风吹拂拂,黄叶落纷缊。
天降阳生日,身居休司敦。
路边松鼠跳,门外野猫蹲①。
红日传乡讯,向东倾一樽。

2017年12月22日

【注】
① 野猫多,上门求食也。

浣溪沙·血月亮

少小曾听长者言,月儿常被狗儿餐。民间传说秘而玄。　　地挡冰轮阳折射,天成红月一奇观。吉凶祸福不相干。

2018年1月31日

浣溪沙·立春

今早昊天微露曦①,犬来鸡去报佳期。东君款款携春归。　　冻解蛰醒循次第,柳枝杏眼透生机。土牛打罢试新犁。

2018年2月3日

【注】
① 戊戌立春为2月4日晨5时28分25秒。

浣溪沙·戊戌春节

春节淹留美利坚,亲人三处不团圆。思乡怀国盼家还。　　没有烟花天上炸,更无社火闹喧喧。阳光暖暖晒悠然。

2018年2月20日

渔家傲·沙尘暴

未尽残冬春料峭,北方又起沙尘暴。地暗天昏风嘷啸,魔鬼到,飞沙走石人神恼。　　垦伐过分摧秀貌,缺林少草乾坤燥。渎亵自然遭果报。须知道,改良生态当从早。

2018年3月19日

龙抬头日

暖风晴日鸟啾啾,角宿初升春意稠。
农圃惜时祈大有,纵横陇亩奋耕牛。

2018年3月19日

春分

韶光靓丽到酣春,对半阴阳昼夜均。
归燕筑巢飞上下,桃红李白草茵茵。

2018年3月21日

琼海踏青

携妻观赏太阳花,沿路青藤满架瓜。
闲步归来天色晚,稻田深处起鸣蛙。

2018年4月5日

闻陇上春寒

四月寒潮风雪飘,摧桃折李毁新苗。
我怨天公无大爱,忍教农圃失丰饶。

2018年4月6日

琼海赏春

仗藜陌上赏春荣,拂绿穿红风色轻。
摇曳稻禾抽节长,诗心一片自生情。

2018年4月8日

谷雨

阵阵雷声伴雨声,润催百谷稼禾生。
子规不必啼春去,万类芃芃更有情。

2018年4月20日

听鸟

窗外高枝鸟做窝,清晨婉转唤哥哥。
"今儿又是好天气,快快起来同唱歌。"

2018年4月21日

戏蛙

墙边草木顺风斜,感得丛中有蛤蟆。
我作蛙儿咕嘎叫,蛙儿应我叫呱呱。

2018年4月22日

饲鱼

一泓碧水漾清波,锦鲤争餐齐奋跃。
投食池中都认吾,鱼儿乐乐我心乐。

2018年4月23日

立夏

葳蕤草木绿无涯,树上鸣蝉池鼓蛙。
青麦溢香风送远,樱桃尝罢尝枇杷。

2018年5月5日

登广州塔

暮上广州塔,悠然升碧空。
云浮半城白,日落满江红。
灯倏明街巷,星渐闪昊穹。
隐闻仙乐起,举手扣天宫。

2018年5月19日

浣溪沙·回陇上

别去年来回陇头,连绵荒岭又迎眸,胸中不住激清流。　　西部献身终不悔,苦甜酸辣写春秋。忠贞一片在兰州。

2018年5月20日

靖远礼赞

陇上名城歌靖远,大河浩浩涌惊湍。
文明高古吴川画①,丝路奇珍罗马盘②。
骁将纷纭保家国,名流荟萃耀文坛。
飘香蔬果遍田野,美丽乡村黎庶安。

2018年7月7日

【注】

① 吴家川岩画,又称刘川岩画,为西周至春秋时期游牧民族文化遗存。

② 罗马盘:1998年7月19日,在靖远县北滩乡北山村出土,为东罗马镀金刻铭银盘,是丝绸之路中西文化交流的重要实物见证,也说明靖远为丝绸之路东段北线的通道。

灵秀响泉

漱玉奏和弦,泠泠秀响泉。
灵根通地脉,甘醴出天然。
惠化千家福,滋濡万亩田。
乡村欣大美,风色漫暄妍。

2018年7月8日

虎豹山庄

河畔入山隈,嘉园因势开。
花丛听鸟语,林道掩楼台。
进圃摘蔬果,临渊钓锦鳃。
高梧枝叶茂,引得凤凰来。

2018年7月14日

吊潘育龙①

崇坊映白云，风动拂清芬。
矫矫称襄勇，雄雄如虎贲。
忠贞怀万里，甘苦治三军。
尤可褒扬处，子孙多著勋。

2018年7月15日

【注】

① 潘育龙（？—1719），字飞天，甘肃靖远人。清代名将，曾任陕西提督、镇绥将军。卒赠太子少保，谥襄勇。

吊范振绪①

久慕范先生，佳城百卉荣。
癸卯登及第，辛亥入同盟。
书画山河意，诗文家国情。
馆藏捐宝卷，后世效清行。

2018年7月16日

【注】

① 范振绪（1987—1960），字禹勤，号南皋，又号冬雪老人、太和山民。光绪二十九年（1903年）进士，光绪三十二年（1906年）在日留学加入同盟会。曾任政协甘肃省副主席。著名书画家，临终将部分珍藏和遗作捐给国家。

独石砥柱[①]

飞来自大荒，五彩出娲皇。
磐地凝灵气，汲天焕日光。
巍然凌屹屹，岿矣镇汤汤。
风浪经千古，纵眸万载长。

2018年7月19日

【注】
① 靖远县古八景之一"中流砥柱"，又名独石头，位于糜滩镇独石村。

法泉古寺

幽锁红山谷，清泓绕梵宫。
丹崖开宝窟，翠峡卧长虹。
同奉道儒佛，各说虚实空。
虔虔临福地，心境乐融融。

2018年7月19日

登鱼龙山[①]

西征鏖战地,临入正衣冠。
瞻仰红军塔,追怀纪念园。
英雄一腔血,华夏百花丹。
莫忘初心志,为民谋福安。

2018年7月20日

【注】
① 鱼龙山,又名育龙山,位于靖远县北湾镇中堡村,与虎豹口隔河相望,为1936年10月红四方面军强渡黄河鏖战处。

浣溪沙·观景亭上望麦积山

远眺佛山烟笼纱,云崖缥缈石梯斜。释迦隐隐现光华。　日下世风心不古,朝山游众却如麻。几人结善向僧家?

2018年8月4日

清平乐·南郭寺听蝉，秦州雅集分韵得"寂"字

禅堂空寂，但有蝉声密。热也热耶嘶噪急，抖落汗珠滴滴。　　满眸飞翠流红，因时万物芃芃。最是田家企盼，秋来畜壮粮丰。

2018年8月6日

再登崆峒

崆峒秀色入眼迷，石阶万级云海低。
漫道老夫多病弱，登高攀险上天梯。

2018年8月25日

崆峒山上

崆峒山上晒金晖，红艳绿肥玄鹤飞。
行看松涛赏天籁，坐听梵呗悟禅机。

2018年8月25日

柳湖公园

城下出甘泉，温温沛沛然。
繁花流馥馥，柔柳舞嬛嬛。
亭上翁相弈，湖中幼戏船。
丰碑铭德泽，感佩念先贤。

2018年8月26日

无题

近午进山庄，恍闻秋桂香。
民居多富丽，公所亦堂皇。
不见炊烟袅，只听土狗汪。
新村空寂寂，心里起彷徨。

2018年8月26日

陇中眺望

华家岭上绿深深，松柏榆杨蔚秀林。
莫忘年年多植树，驱除旱魃降甘霖。

2018年8月27日

游花语小镇

寻芳上狗山,万象各呈妍。
花海金蜂戏,香蹊玉女翩。
马鞭蓝沁紫,月季媚含嫣。
诗友情难禁,欢歌感地天。

2018年9月15日

阿干即兴

丝路黄金段,阿干河水潺。
摩天过险岭,涉渡出雄关。
商旅忙来去,僧伽频往还。
更欣风物美,古道焕新颜。

2018年9月22日

禅源太湖怀赵朴初

文化大师融古今,诗书儒释各精臻。
求真行善爱家国,佛教重兴第一人。

2018年10月28日

游五千年文化园

漫步园中如梦幻，纵穿今古五千年。
当追英杰酬家国，文脉悠悠永相传。

2018年10月28日

赵朴初故居口占

皖山皖水育精英，一代宗师百代崇。
大爱仁行播花雨，清风明月赵诗公。

2018年10月29日

瞻仰赵朴初纪念馆

夙志高宏磐石坚，骤风雷雨自安然。
补天填海觉心路，普惠群生结善缘。

2018年10月29日

吊赵朴初陵园

花亭湖畔万年冲，翠嶂巍巍伴朴公。
圆满融通情不老，长青松柏百花红。

2018年10月29日

登晋熙楼

晋熙楼上瑞光流,丽水明山风色幽。
灿灿文华耀千古,禅源圣境放歌讴。

2018年10月29日

花亭湖上

碧水飞艇卷浪花,秀山琼岛影摇斜。
千娇百媚赏难尽,再入禅源拜释迦。

2018年10月29日

赵朴初诗词研讨会有感

仁心礼义永遵奉,尽力倾情自在行。
至远至高兼道进,心灯熠熠任纵横。

2018年10月30日

西风禅寺

灵狮啸啸纳西风,五祖弘禅起梵宫。
万法皆空唯积善,即心即佛对苍穹。

2018年10月31日

海会寺即兴

白云袅袅守山端,罗汉古松扬梵旃。
佛号声声弘教化,杨歧宝刹历千年。

2018年10月31日

感怀

改革曾经四十秋,半心欢庆半还忧。
国家强盛物资富,道德沦丧传统丢。
造假骗人天理丧,图财逐利世风馊。
慢论贪腐官场坏,医教皆商何日休?

2018年12月24日

躬耕乐咏

携内旅天涯,开荒务菽麻。
平畦栽白菜,高梗种南瓜。
土细选优籽,地肥生壮芽。
勤浇除杂草,茁茁笑哈哈。

2019年2月1日

立春

戌亥岁交猪拱开，东君得意送春回。
北归雁字御风起，万物初萌暖日来。

2019年2月5日

人日有寄①

天晴气朗感娲皇，采蘔煎成七宝汤。
戴胜登高飞雅咏，祈禳百姓永安康。

2019年2月11日

【注】
① 人日，又称人节、人庆节。传说女娲创世，在造出了鸡、狗、猪、羊、牛、马之后，于第七天造出了人，这一天便是人类的生日。所以每年正月初七就是中国的传统节日。

雨水

夜来酥雨润田垄，冰雪消融麦返荣。
感悟天机顺时变，元宵闹罢闹春耕。

2019年2月19日

种蔬

河畔种蔬瓜，芃芃映彩霞。
胡芹柚节长，豆角顺杆爬。
玉米生三穗，桐蒿发四杈。
虫儿咬罢了，我再采回家。

2019年2月26日

惊蛰

隆隆天鼓震空鸣，蛰伏潜藏万类惊。
杏眼桃腮含媚笑，莺儿柳浪奏春声。

2019年3月6日

栽红薯

翻土培成垅，剪藤栽地瓜。
鬏根栽小段，叶腋长新芽。
插植埋三寸，浇淋水一些。
数天苗挺起，青蔓八方爬。

2019年3月11日

黄湾行吟

长滩平激湍，造化小黄湾。
雄渡鹳阴口，玄宫武当山。
攀崖探秘境，浮槎越河关。
行憩梨园下，吟朋俱畅颜。

2019年5月24日

诗城奉节

三峡之巅千古讴，瞿塘关口唱风流。
雄词写满白云上，天地诗心夔子州。

2019年6月13日

白帝城怀古

天下纷争炎祚倾，中原逐鹿称英雄。
逆时而动扶残汉，裂土而王偏蜀中。
忠矣奸邪昭烈帝，智邪愚矣孔明公。
东征北伐竭川力，斗不思乡终究空[①]。

2019年6月13日

【注】
①公元263年，刘备子后主刘禅降魏，蜀汉亡。受封安乐公，迁居洛阳。某日饮宴，司马昭问刘禅曰："颇思蜀否？"禅曰："此间乐，不思蜀。"

武威再登长城

筑塞御蕃夷，龙腾贯东西。
映天经血雨，蟠地走虹霓。
岂可靖胡虏？何曾拒马蹄？
中华精魄在，舞剑每闻鸡。

2019年7月5日